그래,
이
집에
삽니다

그래, 이 집에 삽니다

지은이 이경재
그린이 루 미

1판 1쇄 2024년 6월 28일

펴낸곳 홍 림
펴낸이 김은주
등 록 제 409-251002010000027 호
주 소 경기도 김포시 김포한강로4로 420번길 30 한강비즈나인 1509
전자우편 hongrimpub@gmail.com
전 화 0507-1357-2617
총 판 비전북(031-907-3927)

값은 표지에 있습니다.
ISBN 978-89-6934-055-9 (03810)

그래,
이
집에
삽니다

이 루
경 미
재 그
지 림
음

홍림

스무 살 무렵 그와 처음 만났다. 세상은 흑과 백으로 선명했고 우린 단호했다. 청춘이었다. 서로 젊다고 우기기엔 멋쩍은 나이가 되어 그를 다시 만났다. 『그래, 이 집에 삽니다』의 책장을 넘기면 나지막한 회양목 울타리 너머로 그가 빛내서 지었다는 '그래이집'이 보인다. 탐 날만큼 이쁜 집이다. 북한산이 보이는 욕실도 아름답고, 단정한 마당도 부럽기 그지없지만 못내 질투가 났던 건 가족을 대하는 그의 섬세하고 다정한 사랑이다. 그리고 아빠라는 이름에 양보하지도 세월에 속수무책 뺏겨 버리지도 않은 개인, 이경재의 취향이 공존하는 집이라는 것. 책을 읽고서야 알았다. 회색이 얼마나 깊고 따뜻한 색인지. 티끌 하나 없던 순백색의 소년기는 아니어도 거칠 것 하나 없던 흑발의 청년기도 이젠 아니지만 지금이 시절, 중년도 꽤 살아볼 만하다는 걸.

김태희 | 드라마 작가, 〈재벌집 막내아들〉, 〈성균관 스캔들〉

냉철하고 객관적인 시각으로 세상을 볼 줄 아는 이경재 기자와 대화를 하다 보면 따뜻한 감성을 느끼게 된다. 그가 하는 말이 얼마나 좋은 향기를 가졌는지 알게 된다. 나의 오랜 친구이며 동생인 이경재 기자의 이야기를 추천한다.

정은표 | 배우

바삐 살다 보면 놓치고 사는 부분이 많이 생긴다. '낭만기자 이경재와 그래이집' 이야기는 일상에 쫓겨 못 챙기는 여유와 행복, 가족 등을 찬찬히 되돌아보게 하는 힘이 있다. 부지런한 이경재 기자가 생활의 활력소가 될 비타민 같은 책을 냈다. 보도만 잘하는 줄 알았더니 이런 재주가 있었다니, 신선했다.

유승민 | IOC 위원

소통 능력이 뛰어난 사람은 자신의 삶을 행복한 방향으로 잘 이끌어 간다. 주변 이야기에 귀를 기울이고 자신의 생각을 잘 표현하는 사람곁에도 좋은 이웃들이 모이는 법이다. 수필집 『그래, 이 집에 삽니다』에는 다양한 소통들이 소개된다. 이웃들과의 정겨운 소통도 있고, 아이들과의 다정한 소통도 있다. 그리고 밤하늘의 별, 마당, 책과 이야기한다. 때로는 잔디와 새로 심은 묘목에도 말을 거는 그는, 어느새 빨래와도 대화를 한다. 북한산 돌멩이처럼 둥글둥글한 작가의 내적 결과물이라 할 이 책은 다름 아닌 소통 안내서다. 읽는 내내 행복해지는 책이다.

이지은 | 키즈스피치 마루지 대표 · 『엄마표 키즈스피치』 저자

이경재 기자와는 테니스장에서 만났다. 책 속 '랠리가 있는 삶'을 보면 그의 테니스 스타일과 삶의 스타일을 알 수 있다. 화려한 순간을 향해 달리지 않으며 꾸준한 지속성으로 사람과 삶을 대하는 그의 가치관이 불안하지 않다. 불안하지 않으면 오래 편하게 볼 수 있는 사람이다. 북한산 밑에 집을 짓고, 아이를 짓고, 인생을 짓는 이야기 『그래, 이 집에 삽니다』엔 그의 그런 가치관이 오롯이 녹아 있다.

윤종신 | 가수, 작곡가

참 정이 많은 사람이라고 생각했다. 목소리도, 표정도, 상대방을 언제나 편하게 해주는 사람이라고 생각했다. 단어 하나 하나, 문장 하나 하나에 그의 얼굴과 표정들이 떠오른다. 20년 전 야구장에서 처음 만난 그때처럼 책장을 넘길 때마다 등장하는 이야기들 속에서 그가 기억나 기분이 좋아졌다.

이승엽 | 두산베어스 감독

일러두기

1. 단행본은 『』로, 노래 제목이나 프로그램명은 < >로, 작품모음집은 《》로 구분했습니다.
2. 숫자는 읽을 때의 방식을 반영하여 서수는 한글, 기수는 아라비아 숫자로 표기했으며, 거리나 무게 단위는 모두 한글로 표기했습니다.
3. 풍경5 <서재가 로망이시죠?>에 소개된 책들은 인용할 때마다 출처를 밝혔으며, 참고문헌 지면은 별도로 만들지 않았습니다.
4. 집의 호칭인 '그레이 집'과 '그래이집'은 문맥에 따라 혼용하였습니다.

그레이,
　　　빛나는 우리의 인생짓기를
　　　　　　응원하며

　　　집을 짓고 나서 글을 쓰기 시작했습니다. 어떤 날은 창으로 보이는 풍경을 보며 다음날은 나무 한 그루를 심고, 그다음 날은 아이와 집 앞 공터에서 공놀이하며. 집은 그 자체로 스토리텔링의 대상이었고, 머릿속에 상상력을 불어 넣어주는 존재였습니다. 쓰다 보니 글이 모였고, 시간만큼 쌓인 글이 제 삶의 소중한 흔적이 되었습니다. '나의 기록이 누군가에게 공감이 되고, 위로가 될 수 있다면?' 수줍은 생각이 책을 내고 싶다는 욕망이 됐습니다.

　　　집을 짓는 것과 아이를 짓는 것, 그리고 내 삶을 짓는 건 많이 닮았습니다. 그 얘기들을 하고 싶었고, 거기서 얻은 성찰과 깨달음을 함께하고 싶었습니다. 북한산은 자연스레 배경이 되었고, 가족과 이웃들은 때로는 주연으로, 때로는 조연으로 등장인물이 돼주었습니다.

집을 짓다 문제가 생기고, 아이들이 내 맘 같지 않고, 회사 생활도 뭔가 어긋날 때면, 나를 더 깊게 들여다보려 했습니다. 오히려 진솔한 얘기를 그 밑에서 건져왔습니다. 지하철 안에서 취기에 스마트폰 자판을 눌러댄 적도 많았습니다. 돌이켜 보면 다시 일어설 용기를 얻기 위한 발버둥이었던 것 같습니다. 작자가 유일한 독자인 글도 때론 힘이 있었습니다.

봄에서 여름으로 가는 주말 아침, 2층 창을 열어 북한산을 바라봅니다. 어제 비가 내려서 산 고개마다 초록의 명도와 채도가 선명하게 달라 보입니다. 어디서인지 모르지만, 꽃향기가 들숨에 자연스레 섞입니다.

'자연과 가깝게 산다는 건, 계절의 변화를 세밀하게 느끼며 산다는 것.'

그 말이 맞다면 내 감각기관이 원하는 대로 내 삶에 더 충실히 살 수 있다는 것이라 여깁니다.

아름다운 장면만 존재하진 않습니다. 집을 짓고 산다는 건 주말에도 뭔가 할 일이 있다는 것. 오늘은 마당을 뒤덮어버린 이끼를 제거해야 하고, 화장실 수전의 녹도 벗겨내야 하고, 일주일 동안 몸에서 뒤범벅이 된 스트레스와 알코올과 미움도 없애버려야 합니다. 암만 산이 좋고 꽃내음이 난다 해도, 삶은 누구에게도 호락호락하지 않습니다. 다만 산이 좋고 꽃내음이 좋아 호락호락하지 않은 삶에서 조금 더 힘을 낼 뿐이죠.

책을 내고 싶다는 욕망이 더 선명해지면서 수많은 출판사와 서점을 서성이며 자신감과 자책감이 요동칠 때, 우연히 만난 홍림이 그 감정선을 잔파동으로 잡아줬습니다. 김은주 편집장님, 또 홍림과 오래 손발을 맞춰온 '드림팀'에 감사를 전합니다.

북한산 밑 그레이 집에서 밤이면 쏟아질 것 같은 수많은 별들 중에 저를 가장 환하게 비춰주는 별 같은 제 가족들에게도 고맙습니다.

한 번쯤 집을 짓는 상상을 해본 분들이라면 동감해줄 거라 생각합니다. 아이를 키운다는 동료로서 여러분의 것과 비슷한 고민과 깨달음도 담았습니다. 지나 보니 20세기에서 21세기로 훌쩍 건너와 버린, 우리의 청춘을 추앙했습니다.

Gray, 빛나는 당신의 인생 짓기를 응원합니다.
인생의 설계도는 언제든 수정이 가능합니다.
판단의 사치를 누리세요.
백지의 자유를 만끽하시길.
그리고 남은 인생에 커튼콜을!

2024년 봄과 여름의 간절기에
북한산이 보이는 서재에서

contents

마음을 먹자,
맛있게

마음, 가능하면 맛있게, 탈 나지 않게, 잘 먹어보려고 애쓰며 산다.

집을 짓겠다고 마음먹었을 때처럼 최대한 긍정적으로.

잘 먹은 마음은 삶을 조금 더 윤기 나게 만들어 줄 수 있으니까.

모든 일은 마음먹기에 달렸다. 우리는 매일 물을 마시고, 밥을 먹듯 마음도 먹는다. 누구는 하루 세끼, 또 누구는 더 자주 마음을 먹는다. 작은 것도 먹고 가끔은 어떤 사람이 되어야 하는지, 무슨 직업을 선택해야 하는지, 누구와 결혼할 것인지 큰맘도 먹는다. 하거나 말거나, 한다면 무엇을 하거나, 결국 마음먹기는 선택이다. 어떤 선택이든 완벽한 건 없다. 얻는 게 있으면 당연히 잃는 것도 있는 게 인생의 진리 아니던가!

직장생활 15년, 결혼생활 7년에 우리의 자산은 대출이 1억 잡혀있는 4억 5천만 원 정도의 아파트 한 채였다. 그 즈음 아파트가 아닌 주택에 살고 싶다는 생각이 나와 아내의 마음을 관통했다. 휴일마다 주변의 땅과 집을 보러 다녔는데, 현실과 이상엔 늘 그럴듯 엄청난 간극이 있었다. 집으로 돌아오는 길엔 그

간극을 '왜 나는 돈이 더 없을까?'라는 절망이 채웠다.

　　우리의 자산으로는 집 상태와 교통, 환경, 이상 세 가지 조건 가운데 하나 정도만 취할 수 있었다. 살고 있었던 아파트 단지 옆에 집을 지을 수 있는 공공택지를 분양한다는 사실은 이미 알고 있었다. 북한산의 절경이 넓은 품으로 감싸안은 땅은 볼수록 매력이 넘쳤다. 다만 100평씩 나눈 택지는 평당 700에서 800만 원. 우리의 자산으로는 집은커녕 땅의 절반 정도만 가질 수 있었다. 그래서 이 매력 넘치는 땅은 한동안 내 것이 될 수 없는, 외사랑의 대상이었다.

　　마음을 고쳐먹었다. '이상적인 파트너를 찾아 땅을 함께 구입하자. 그리고 건축비는 은행에서 해결하자.'로. 속전속결, 더는 생각을 지체할 시간이 없었다. 그날부터 마치 결혼식의 청첩장을 돌릴 때 가까운 사람부터 내 인맥을 정리하듯 친구와 친지,

회사 동료를 대상으로 이상적인 파트너를 물색했다. 브리핑을 마치면 평균 절반 정도가 관심을 보였고, 그 매력적인 땅을 보고 나면 대부분 관심은 애정으로 바뀌었다. 하지만 이상적인 파트너가 그리 쉽겠는가? 그 땅은 분할 등기가 되지 않았기 때문에 집을 함께 지으면 평생 자산이 묶일 수 있었다. 이상적인 파트너가 자칫 이상한 파트너가 될 수도 있었다. 그리고 같이 마음을 맞춰 집을 짓는다는 건, 벽을 사이에 두고 갑자기 가장 가까운 이웃으로 살아간다는 건, 자산이 묶이는 걸 떠나 멀고도 험한 항해와 같은 거였다. 보물섬이 나올 수도 있겠지만 언제 어디서 모진 풍파를 만날지, 모를 일이었다. 그걸 상상하고 현실에 대입해본 나의 지인들은, 거절이라는 답을 쉽게 내릴 수 있었다.

'간절히 원하면 이루어진다'고 했던가? 왠지

17

숭고한 노력을 무시하는 말 같아서 잘 믿지 않았는데, 귀인이 나타나셨다. 하긴 우리나라의 2002한일월드컵 4강도 그렇고, 내가 IMF의 취업 한파를 단번에 뚫어낸 것도 그렇고, 인생에서 가끔은 간절히 원하면 이루어지는 일이 있기는 한 것 같다. 주말에 점심을 함께 먹으러 우리 집에 왔던 '아내가 다닌 전 회사 선배분'이, 덥썩 우리가 던진 미끼를 물었다. 우리와 기꺼이 거친 파도를 헤치며 신대륙을 발견하러 함께 떠나기로 한 것이다.

세상일이 마음먹은 대로 되면 얼마나 좋겠는가! 마음먹은 대로 되지 않는 일이 몇 배는 더 많다. 그래도 그 마음, 가능하면 맛있게, 탈 나지 않게, 잘 먹어보려고 애쓰며 산다. 집을 짓겠다고 마음먹었을 때처럼 최대한 긍정적으로. 잘 먹은 마음은 삶을 조금 더 윤기 나게 만들어 줄 수 있으니까.

빚내서 지은 집,
빚내서 살자

    그렇다. 난 빚으로 집을 지었다. 대출 금리는 오르고 경제 상황은 글로벌하게 안 좋아진다고 하는데 말이다. 왜 그랬을까? 어릴 적 내가 살던 집은 꽤 괜찮았다. 아홉 살 때 살았던 대방동 공군본부 옆, 얕은 언덕 위에 있던 집은 동네에서 가장 근사했다. 그런데 딱 거기까지였다. 영화나 드라마에 흔히 나올 법한 장면이 우리 가족사와 오버랩된다. 아버지의 사업 부도에 이어 뿔뿔이 흩어진 가족, 그리고 오랜 단칸방 생활….

    10년 전쯤 나의 서울 자취방에 잠시 머물렀던 동생이 그 대방동 집을 찾아가 한 시간쯤 서성이다 왔다고 했다. 동네는 변했지만 집은 그대로였다고. 그 집과 작별할 때 동생 나이가 여섯 살, 어떻게 그 어렴풋한 기억을 정확하게 더듬을 수 있었는지, 슬프고 대견했다. 내 동생은 참 성실하게 잘살고 있다. 집을 자꾸 샀다 팔았다, 하는 게 걸리지만 말리진 않는다.

　　나도 이번 집이 무려 네 번째 집인데, 솔직히 꽤 손해만 봤다. 90년대 초중반 학번들은 졸업할 때 IMF로 취업 문이 닫혔고, 힘들게 취직하고 결혼할 때쯤인 2006년에는 부동산 가격이 당시 역대 최고를 찍었다. 인생을 설계할 중요한 시기가 고난의 연속이었던 셈이다. 물론 그 이후에 취업 시장이 좋아졌다는 얘기를 들어본 적은 없지만 말이다. 그런데도 이렇게 내가 집에 집착하는 건 어렸을 적 '단칸방살이'에 대한 일종의 보상심리가 아닐까 한다. 그래야 매달 나가는 이자를 볼 때마다 마음의 안정을 조금이라도 찾을 수 있으니….

　　82년 그 대방동 집엔 목련과 코스모스가 있었던 것 같다. 날이 좀 풀리면 10평 남짓한 마당에 작

은 나무와 꽃을 좀 심을까 한다. 꿈과 무모함으로 시
작해 관심과 추억, 그리고 빚으로 완성된 우리 집. 앞
으로 꿈은 키우고 추억을 쌓으며 빚은 줄이면서, 빛
내서 지은 집, 빛내서 살아야겠다.

그래, 이 집,

　　그래이집,

　　　　GRAY ZIP

　　'그래이집, GRAY ZIP.' 내가 지은 우리 집 이름이다. 일단 집 외장이 회색 타일이어서다. 두 종류의 타일로 약간의 차이를 두었지만, 어차피 하나는 짙은 회색, 하나는 옅은 회색이다. 집안 내부 벽지도 온통 회색이다. 나는 흰색 바탕에 다양한 포인트 벽지의 조합을 주장했지만, 우리 집에선 그저 채택되기 힘든 소수 의견일 뿐이었다.

　　회색은 아내가 가장 좋아하는 색이다. 그리고 그녀로 말할 것 같으면, 초등학교 때부터 미대에 가겠다는 신념으로 꾸준히 미술 사교육을 받으며 예술고등학교와 미술대학을 나왔다. 졸업과 동시에 술

23

을 잘 마신다는 이유로 벽지회사에 입사해 수년 동안 패턴 디자인으로 밥벌이를 한 전직 디자이너시다. 그런데 궁금한 건, 도대체 술과 벽지에 어떤 상관관계가 있단 말인가? 술이 가끔은 창의성을 높여준다고 주장할 것인가? 아니면 술을 즐기는 사람이 일반적으로 사회성이 좋아 회사 생활을 잘할 수 있다고 주장할 것인가? 당시 그녀를 선발한 옆집 형의 얘기는 그냥 본인이 술을 좋아해서 그랬다고 한다. 그 인연으로 우린 이 집을 같이 짓게 되었으니, 그러한 역사적인 배경 때문에 우리 집엔 술이 떨어지지 않는 건지도 모르겠다.

아무튼 집이 안팎으로 그레이니 일단 집 이름과 어울림은 좋다. 또 인생의 새로운 발견과 이상향을 지향하며 '그래! 이 집!', 그리고 두 가구가 한 건물로 묶인 듀플렉스인 점을 고려해 '그래, 2집'의 의미를 담았다. 마지막으로 우리 아이들이 웬만한 일엔 '아니오'가 아니라 '그래요'라고 답하며 긍정적으로 세상을 바라봤으면 좋겠다는 생각도 곁들였다.

도움 점수
91점

육아 문제로 고민하던 아내가 어딘가에서 상담을 받고 오더니 남편의 도움 점수가 91점이 나왔다며 알려줬다. 칭찬인지, 칭찬했으니 춤추면서 더 잘하라는 압력인지는 모르겠지만 나의 숭고한 희생을 외부기관에서 그렇게 높이 평가해줬다니 기분 좋은 일이다.

그런데 양심적으로 '내가 집안일을 그리 많이 돕진 못한다.'고 난 생각한다. 그건 아내가 하는 일이 절대적으로 너무 많기 때문이다. 아주 가끔 쉬는 평일에 돌볼 아이가 없을 때도 그녀는 도대체 쉬지 않는다. 만 8년이 돼 가지만 그래도 꽤 괜찮은 쿠션을 자랑하는 거실 소파에도 좀처럼 앉아 있지 않는다. 대부분 많은 시간을 청소에 할애하고 그 외의 집안일을 끊임없이 한다. 외출할 때 집안이 깨끗해야 돌아왔을 때 기분이 좋다는 지론은 그렇다 치고, 가끔은 내가 해외 출장을 가는 게 청소를 덜 하게 돼서 좋다는 그녀의 믿음은 날 당황스럽게 만든다. 내가, 치워야 할 쓰레기나 구석의 먼지 따위는 분명 아닐 텐데 말이다.

아, 그런데도 내가 고등학교 졸업 이후 처음으로 91점의 고득점을 받은 건 아내가 비교적 약점을 보이는 일을 내가 조금 더 잘하기 때문이다. 오랜 자취로 내공이 쌓인 빨래하기와 빨래 개기, 그리고 아이들과의 육체적인 놀이와 정서적 교감 쌓기가, 말하자면 아내가 인정하는 나의 필살기인 셈이다.

그리고 아쉬운 점 하나, 사실 난 요즘 무분별한 먹방과 쿡방이 유행하기 전부터 요리에 관심과 소질을 보였다. 하지만 청결을 우선하는 그녀에게 오래전부터 무시를 당했고 현재 요리는 전적으로 아내에게 의존한다. 그런데 그런 그녀가 인정하는 요리 잘하는 남편이 바로, 아내의 전 직장 상사인 옆집 형 되시겠다.

이 형은 결혼 이후 10년 넘게 처자식을 잘 먹이는 일에 집중하고 있다. 경력만큼 할 줄 아는 음식도 다양하다. 일반적인 국이나 찌개부터 각종 고기 요리에 능하고, 오븐을 이용해 빵을 굽기도 한다. 기분이 살짝 좋아지면 이탈리아나 스페인의 전통요리도 착착 해낸다. 그래서 방송작가인 형수는 업계에서 남편에게 밥 잘 얻어먹고 다니는 여자로 질투와 부러움을 한몸에 받고 있다는 후문이다.

그렇다면 이 형수는? 물론 다른 집안일을 맡아 하고, 딸 아이의 학교생활과 관련된 일을 잘 챙긴다. 생각해 보면 내 주변의 부부들은 그렇게 자기가 잘하는 일과 상대가 잘하는 일을 분담하면서 지낸다. 성격을 봐도 한 명이 강하면 다른 한 명은 좀 부드럽고, 또 한 명이 급하면 다른 한 명은 여유가 있다. 애초에 그렇게 만났는지, 아니면 부부의 삶이 적당히 타협되어 그렇게 만들어졌는지는 모르겠다.

그래서 행복하냐의 문제는 또 변수가 많다. 하지만 그렇게 사는 게 가정의 행복지수를 높일 수는 있겠다는 생각이고, 초보 부부들에게 해주고 싶은 91점짜리 남편의 어쭙잖은 잘난 척이다.

랠리가 있는
삶

테니스의 묘미는 랠리에 있다. 얼마나 많이 랠리를 주고받을 수 있는지의 여부가, 바로 테니스 실력이다. 상대가 공을 치면 네트를 넘어오기 전에 오른쪽과 왼쪽, 앞과 뒤, 일단 네 가지 선택에서 빠르게 하나를 골라야 하는 것이 랠리의 시작이다. 그 다음엔 이 공이 빠르고 정직한 스트로크인지, 회전이 많은 드라이브인지, 수비에 방점을 두고 시간을 벌기 위한 슬라이스인지, 날 속이려드는 드롭샷인지, 다시 한 번 4지 선다형 질문에 답해야 한다. 그렇게 열여섯 가지 상황에 대한 판단이 선 다음에야 내가 다시 열여섯 가지 상황을 선택할 수 있는 것이다. 그 열여섯 가지 상황을 서로 알아차려야만 랠리를 할 수 있으니 열 번, 스무 번 랠리를 한다는 건 얼마나 힘든 일인가!

테니스 동호인인 나도 스무 번 정도는 랠리가 가능해 그럭저럭 테니스를 즐기며 산다. 그런데 이 랠리가 하나씩 늘어날 때마다 커지는 긴장감과 온몸에 퍼지는 아드레날린은 경험해보지 않은 사람은 절대 모른다. 노박 조코비치는 역사상 가장 위대한 랠리의 고수다. 페더러보다 화려하지 않고, 나달보다 위력적이지 않은 그지만 그 누구보다 안정적 랠리의 강자다. 그 안정적인 랠리의 힘으로 그는 메이저 단식 24회 우승이라는, 아무도 오르지 못한 곳에 올라있다.

얼마 전 나는 대한민국 아마추어 테니스 최고 선수들을 시상하는 자리에서 공로패를 받았다. 크게 공로功勞한 건 없지만, 크게 공노共怒할 기사를 써서 주신 것이라 여겼다. 그저 한 해 동안 수많은 멋진 랠리를 주고받은 분들 사이에서 상을 받았다는 게 뿌듯했다. 공로패를 받고 생각했다. 결국 우리 인생도, 랠리를 오래오래 잘 주고받아야 성공이라 할 수 있지 않을까? 상대의 열여섯 가지 상황에 맞게 판단하고 또 내가 열여섯 가지 상황에 맞게 결정해야 네트에 걸리지 않고, 라인 밖으로 나가는 일 없이 랠리를 지속할 수 있지 않을까? 네트 너머에 있는 상대가 가족이든, 친구든, 내가 속한 조직이든, 넘어야 할 경쟁자든. 조코비치만큼은 아니더라도 그래도 꽤 안정된 랠리를 이어가야 삶에도 재미가 있고, 설렘이 있고, 결국엔 위닝샷winning shot : 테니스에서, 승리를 결정짓는 타구이 나오는 게 아닐까?

이번 호주오픈에서는, 테니스와 인생의 깨달음을 준 조코비치의 스물다섯 번째 우승을 기원한다.* 더불어 언젠가는 우리도 긴 랠리 끝에 메이저 우승을 거머쥘 그날을 기약한다!

---

* 2024년 호주오픈에서 조코비치는 준결승에서 이탈리아의 야닉 시너(Jannik Sinner)에게 져서 결승 진출에 실패했고, 결국 시너가 첫 메이저 대회 우승을 차지했다.

4전5기
&
7전8기

　　지난 겨울에 네 번 넘어졌다. 다른 뜻은 아니
다. 그냥 물리적으로 내 몸이 균형을 잃어 바닥에 두
다리가 아닌 다른 곳이 먼저 닿았다. 꽤 큰 중력에 의
해서. 세 번은 오른쪽인지 왼쪽인지 헷갈리지만 엉덩
이였고, 한 번은 오른쪽 무릎이었다.

　　처음은 아들과 동네 빙판에서 썰매를 타다
가, 잠시 잘난 척한다며 힘차게 달려 7미터 정도를 발
바닥에 힘을 주고 미끌어지다가 종착지에 거의 다 와
서 꽈당. 두 번째는 테니스를 치다 얼음이 녹지 않은
곳으로 공을 주우러 갔다가 그냥 벌러덩. 세 번째는
눈이 오던 날, 그 눈을 맞으며 그 눈이 만든 눈길 위

를, 점심 약속에 늦지 않기 위해 따릉이를 타고 달리다가 앞에서 절대 비켜서지 않는 주관이 뚜렷한 여학생을 피해 가려다 쿵. 끝으로 어제 집에 오는 길에 잠깐 스마트폰을 보다가 100미터 밖까지 울려퍼진 '으악' 소리와 함께 철퍼덕.

웬만해선 넘어지지 않는 뛰어난 운동신경과 남다른 균형감각을 지녔음에도 한 계절에 네 번을 넘어졌다는 건 내 인생에서 성인이 된 이후로는 유례를 찾기 힘든 일이었다. 그 얘기는 달리 말하면 성인이 되기 전에는 무수히 많이 넘어졌다는 얘기다. 나를 낳고 길러주신 이정자 여사님에 따르면 초등학교에 가기 전까지 나의 별명은 '비실비실 배삼룡*'이었다. 다리에 힘이 없어 길을 가다가도 조금만 까딱하면 넘어졌고, 그래서 이 여사님은 더는 방치하지 못하고, 여섯 살이 되던 해에 나를 태권도장에 보냈다고 한다.

---

* 1970년대 구봉서, 서영춘 등과 더불어 당대 최고의 인기를 누렸던 코미디언이다. 특유의 개다리춤과 바보스러우면서 익살맞은 언행이 트레이드마크였다.

태권도 수련은 나에게 충분히 혼자서 직립보행이 가능할 정도의 다리 힘을 길러주었고, 이후 난 야구, 축구, 농구, 탁구, 배드민턴, 골프, 테니스까지 여러 구기 종목을 섭렵하며, 공놀이 하면 밥 먹다가도 뛰어나가는 '호모 스포처스'가 되었다. 이쯤에서 이 여사님과 79년에 서울 신길동에 있었던 태권도장 관장님과 사범님께 감사를 전한다.

어쨌든 나는, 네 번 넘어졌어도 모두 바로 일어났다. 만 50세가 되는 기념비적인 해라서, 지난 40대까지를 훌훌 털어버리는 의미에서 네 번을 넘어진 건지도 모르겠지만, 앞으로 세 번쯤 더 넘어진다 해도 0.5초 만에 일어나서 아무 일 없었다는 듯 가던 길을 갈 것이다. 하긴 나이 80쯤 돼서 빙판에 넘어지기라도 하면 그때는 119를 불러야겠지만, 70대까지는 네 번 넘어지면 다섯 번 일어서고, 일곱 번 넘어지면 비록 아로미[*]가 없다 해도 개구리 왕눈이[**]처럼 여덟 번 일어서서 피리를 불며 '호모 스포처스'의 길을 뚜벅뚜벅 가리라.

---

[*] [**] 1982년 KBS2에서 방영된 에니메이션 <개구리 왕눈이>의 주인공(왕눈이)과 주인공의 여자친구(아로미)를 가리킨다.

어쩔 수 없는
　　　　상황

　　　생각해 보면, 인생 평온함의 척도는 '어쩔 수 없는 상황'을 얼마나 자주 마주하냐에 달린 것 같다. 가능한 평생 없다면 좋겠지만 때론 노력의 부족으로, 운이 없어서, 시대가 그렇게 만들어서, 우린 가끔 그 어쩔 수 없는 상황에 놓인다. 조금 더 노력이 부족했거나 운이 모자랐거나, 시대가 흉흉할 땐 이 '어쩔 수 없는 상황'이 한꺼번에 몰려오기도 한다.

　　　40대의 마지막 겨울이 내게 그랬다. 가족들이 코로나를 피해 제주로 '1년 살이'를 떠났고, 난 잠시 백지 같은 자유를 얻었다. 정말 좋을 줄 알았다. 그런데 코로나로 인해 만남과 모임이 단절된 상황에서 치밀하게 계획되지 못한 자유는 공허했다. 그 시간과 공간이 안내해준 공허함은 처음엔 먹물 한 방울 정도의 외로움이었는데, 어느새 자유라는 백지에 빠르고 시커멓게 번져갔다. 그나마 잠시 공허함을 채워준 건 공부였는데, 준비한 공모사업에 최선을 다했지만 보기 좋게 떨어졌다. '괜찮다', '별일 아니다'를 수십 번 마음에 새기며 평정심을 찾았는데, 얼마 뒤엔 코로나바이러스가 내 몸 안에 떨어졌다. 모두, 어쩔 수 없었다.

그렇다면, 인생이 행복해지려면, 그 어쩔 수 없는 상황에 의연하게 대처하고, 또 그 상황을 슬기롭게 헤쳐가야 하지 않을까? 그런데 무심코 지나는 시간이, 매년 찾아오는 계절이, 많은 걸 치유하고 해결해주기도 한다. 견디자. 존 버! 곧 봄이 온다.

커튼콜

학창 시절, 그리고 성인이 돼서도 취미는 오로지 공놀이였다. 운동을 좋아한다면 대부분 순서는 비슷할 텐데, 초등학교 저학년 때 야구와 축구를 시작했고, 중학교 때는 탁구와 농구를 더 많이 했다. 성인이 된 이후엔 테니스와 골프의 세계에 발을 들여 오랫동안 헤매고 있다.

그런데 입사 초기에 운동만큼 재미있는 취미가 있었다. 뮤지컬이었다. 자주 보러 갈 형편은 못 됐지만, 공놀이에서 지고 있다가 역전승했을 때의 짜릿함을 공연장에서 느꼈던 것 같다. 특히 공연이 끝난 후에 배우들이 다시 무대에 나와 관객에게 인사하는 커튼콜에서 가슴이 뜨거워졌다. 자연스러운 동작은 아니었지만 애써 일어나 소리도 지르고 박수도 보냈다. 공연에서는 캐릭터였다가 커튼이 한 번 닫히고 나서 나온 건 캐릭터를 열심히 소화한 배우였고, 그 허구와 현실이 교차하는 지점에서의 동질감, 노력에 대한 연민, 또 감동을 준 것에 대한 고마움이 버무려진 감정 때문이었을 거다.

한때는 이게 배우에 대한 동경이라고도 생각했다. 이력도 조금은 있었다. 고등학생 때 열심히 다녔던 교회에서 2년 동안 성극의 주인공을 도맡아 했고, 대학에 가서는 연극 동아리를 살짝 기웃거리기도 했다. 그래서 바빴던 입사 초기, 시간을 쪼개 뮤지컬 동호회에 가입해 대학로 지하 연습실에 몇 차례 들렀던 추억도 있다. 그 추억이 몇 차례에 그친 이유는, 예상은 했지만 내 재능이 열정의 10분의 1도 따라가지 못한다는 걸 빨리 알아차렸기 때문이다.

그래서 '커튼콜이 주는 감정은 관객 모두가 보편적으로 느끼는 거로구나.' 정도로 정리해 뒀는데, 최근에 뮤지컬 <위키드>를 보고 또 한번 커튼콜에 가슴 찡하고 보니, 커튼콜에 대한 나의 동경은 자의식과 자존감에 대한 인정 욕구가 투영된 결과라는 생각이 들었다.

'나도 뭔가 좋은 일을, 멋진 일을 해내고 사람들에게 박수를 받고 싶은 거로구나.'

무엇인가 긴 여정을 마무리할 때 커튼콜을 받았으면 좋겠다. 그래서 무대에 다시 나와 환하게 웃으며 손을 흔들고, 손으로 하트도 만들어 보이고, 고개 숙여 감사의 인사도 할 수 있다면 참 좋을 것 같다. 관객의 박수가 계속 된다면 몇 번이고 다시 나와서 답례할 수 있을 것 같다. 이제 무엇이 남았을까? 회사를 그만둘 때, 아이들을 잘 키워서 품에서 떠나보낼 때, 그리고 인생을 마무리할 때? 그러려면 더 잘 살아야지. 평생 취미인 운동도 더 열심히 해야 계획된 공연을 끝까지 잘 마칠 수 있을 테고. 내가 지금 서 있는 곳에서, 오늘 본 <위키드>에서 주인공인 초록 마녀 '엘파바' 역을 맡은 옥주현의 노래와 연기 정도의 퍼포먼스를 보여줘야 할 텐데…. 그랬으면 좋겠다.

'사치스럽게 살기로
                    결심했어요'

        아카데미 여우조연상을 받은 윤여정 님의 수상
소감과 기자회견 중에 직관적으로 꽂힌 말이 있었다.

"저는 60이 넘으면서 사치스럽게 살기로 결심했어요.
내가 내 인생을 내 마음대로 할 수 있으면 사치스러운
거 아니에요?"

회사 특파원 선배가 '미나리를 선택한 동기?'를 물었
는데, '예전엔 흥행 여부나 출연료, 상대 배우, 제작
환경 등을 따져 나름 계산을 했었는데, 60을 넘긴 후
엔 그냥 작품을 가져오는 프로듀서나 감독이 좋으면

그 작품을 한다.'는 취지의 답변이었다. 그렇게 사람을 보고 마음이 움직이면 그 사람의 작품에 출연한다는 걸, 이 대배우는 '사치'라고 표현했다.

<미나리> 직전, 평단에서 호평을 받고, <미나리> 만큼은 아니지만 여러 상을 휩쓴 영화 <찬실이는 복도 많지>에서 '산동네 조그만 집에 혼자 사는, 정 없어 보이지만 속정 깊은 할머니'로 분한 윤여정은, 세상 되는 일 없지만 일상에서 희망을 찾아가는 세입자 찬실이와 콩나물을 다듬으면서 이렇게 얘기한다.

"나는 오늘 하고 싶은 일만 하고 살아. 대신 애써서 해."

그러자 찬실이는 무덤덤한 경상도 사투리로 "그럼 오늘은 콩나물 다듬는 일이겠네요?" 이런다. 영화 속 할머니가 그냥 영화 밖 윤여정 님과 똑같아 피식 웃음이 났다.

돌아보면 그렇다. 뭔가 늘 계산하고 앞뒤 맥락을 따지고 효율을 고민하지만, 그 선택이 맘에 들지 않는 경우가 많다. 그런 노력이, 좋지 않은 결과를 받아들였을 때 '나 이만큼 꼼꼼하게 살폈잖아? 그러니 괜찮은 거야.'라는 위안을 주기도 하니, 노력은 또 그만큼의 의미가 있는 것이다. 하루 세끼 '뭘 먹을까?'에 대한 단순한 고민부터 여행지를 고르거나 집을 옮기는 것, 그리고 '아이를 더 낳을까?'라는 복잡다단한 문제까지. 나의 경우엔 중요한 결정일수록 깊은 고민 없이 오히려 그냥 마음 가는 대로 했던 것 같다. 마치 10만 원짜리 맘에 드는 티셔츠를 사고 싶은데 장바구니에 넣었다 뺐다 고민하다가, 결국엔 할인을 많이 해주는, 맘에 조금 덜 드는 10만 원짜리 티셔츠를 사고, 후회를 반복하는 일처럼. 그런데 아파트를 벗어나 집을 짓기로 한 결정이나 집을 짓기 위해 땅을 고른 결정을 할 땐 '여기 좋잖아. 느낌 오잖아!' 이러고 바로 계약서에 도장을 찍어버린 거 말이다. 난 60이 안 됐는데 참 '사치스러운' 결정을 했던 것 같다.

결은 조금 다르지만 똑똑한 영화평론가 이동진 님은 얼마 전 텔레비전에 나와 자신의 인생 기조를, '하루하루는 성실하게, 일생은 되는 대로'라고 했다. 감히 해석을 하자면, 하루하루를 충실하게 채우는 삶은 결국 되는 대로 내버려 둬도 충실한 일생이 될 거라는 믿음 아닐까. 혹은 아무리 뭔가 열심히 해도 일생의 주기로 보면 노력보다 큰 변수가 훨씬 많다는 현실론, 또는 경험론일지도 모른다. 수많은 책과 수천 편의 영화, 수천 곡의 음악을 두루 섭렵한 이동진 님의 경우 전자에 가까울 것 같다.

나에게 자유를 주고 내 감정에 충실한, 나의 경험과 사고에서 뽑아낸 그 느낌을 오롯이 믿고, 그 결과로 '판단의 사치'를 누리고 싶다. 전체 인생을 되는 대로 내버려 둘 수 있는 '충실한 오늘'을 살아가야겠다.

식은 죽 먹기

내시경을 하고, 죽을 먹으러 갔다.
죽을 조금 식혀 먹으려는데,
식은 죽 먹기가 쉬운 게 아니었다.

따뜻한 죽을 작은 그릇에 옮겨 담아
살살 불어가며 먹는 게 맛있고 쉬웠다.
온기가 날아가고 밥알에 수분도 빼앗겨 식은 죽은
퍽퍽했다.
그 퍽퍽한 죽을 먹는데
왠지 먹먹해지기도 했다.

우리, 식기 전에 먹자.
그리고 식기 전에 보자.
식어가는 게 애정이든,
그리움이든,
미움일지라도.

시작이 반?
설계가 반?

완벽하게 설계된 집이 없듯이 완벽하게 설계된 삶도 없다.
그러니 후회해도 괜찮다.
집은 처음에 설계한 대로 오래오래 살아야 하지만,
삶은 얼마든지 설계도를 변경할 수 있지 않은가!

마음을 먹었다면 다음에 할 일은 땅을 선택하는 것이다. 100필지 가운데 이미 절반은 주인을 찾았고, 그 무렵 갑자기 관심이 높아져서 남은 필지들도 빠르게 계약이 이뤄지고 있었다. 우리는 두 집을 함께 지어야 하니 첫 번째 조건은 택지의 한 면이 길과 길게 만나야 했다. 그래야만 현관을 따로 내고, 마당도 분리할 수 있었다. 당연히 위치와 채광, 앞집과의 간격 등도 고려했다. 다행히 차가 돌아나가는 원형교차로에 맞닿은, 한 면이 길게 구획되어 있는 필지가 눈에 들어와 우리는 그 땅을 별다른 고민 없이 선택했다.

'집은 설계가 반이다.'라는 말이 있다. 집을 지을 때는 그 말을 애써 외면했다. 설계사들이 돈을 벌기 위해서 만들어낸 말이라 여겼다. 아니, 설계비를 충분히 감당할 수 없는 형편이 그런 생각을 지지했던 것 같다. 그래서 우리는 이 마을에서 가장 적은 설계비를 내고, 지인에게 정말 간단한 설계를 맡겼다. 설계에 쓴 시간도 짧았고, 그 흔한 3D 모형도 보지 못하고 설계를 확정했다. '미술과 건축은 어차피 미를 추구한다는 점에서 통하지 않겠나.'라는 생각에 설계의 부족한 부분은 미술을 전공한 옆집 형과 아내가 알아서 채워줄 거라는 믿음이 있었던 것 같다.

아무튼 지인의 간단한 설계에 옆집 형과 아내의 미적 감각을 더해서 우리 집은 한 달 만에 설계를 마쳤다. 우리 동네만 봐도 보통은 석 달, 길게는 6개월 넘게 설계에 집중하는 집들도 있는데, 우리 집의 설계는 무모했거나 대담했다.

먼저 원형교차로와 길게 맞닿아 있는 면의 절반이 반원 모양이고, 택지의 전체적인 모양도 반듯하지 않았기 때문에 정확히 땅의 절반을 자르니 한쪽은 정사각형 모양이 나오고, 한쪽은 앞에서 봤을 때 세로로 긴 직사각형 모양이 나왔다. 우리는 다행히 선호하는 곳이 달라 오른쪽과 왼쪽으로 자기 집을 정했다. 그리고 우리 집은 가족이 네 명이니, 방 네 개에 욕실 두 개를 만들고 1층엔 방을 두지 않았다. 그리고 거실보다 다이닝 룸을 크게 만들었다. 2층 창으로 북한산이 잘 보이는 정면엔 아이들 방을 두었고, 아내의 욕심으로 2층엔 긴 복도를, 나의 주문으로 큰 욕조가 놓인 화장실을 아이들 방과 같은 라인에 설계했다. 옆집은 가족이 세 명이라, 방 세 개에 욕실 두 개, 역시 1층은 거실과 다이닝 룸으로만 꾸몄다. 요리가 취미인 형의 욕심으로 주방을 넓게 만들었고, 글쓰는 일이 직업인 형수의 요구로 서재는 다락으로 연결되는 복층에 두었다.

　　설계의 영역은 이쁨만이 아니다. 외장을 무엇으로 할지, 창의 크기는 얼마로 할지, 그 창의 두께는 어떤 치수로 할지, 바닥은 자연 마루인지 강마루인지, 화장실 타일의 종류는 무엇인지, 전기를 꼽는 곳은 어디에 몇 개를 놓을지, 각종 조명과 수전과 문과 벽지는…. 끝이 없을 것 같은 선택의 연속이었고, 우리는 그나마-건축과 큰 차이가 없을 것으로 여겼던-미술을 전공한, 게다가 결정 장애란 없는 아주 단호한 준전문가가 각 집에 한 명씩 있어서 끝없는 선택에 스트레스를 덜 받고 해낼 수 있었던 것 같다.

물론 후회도 많다. '조금 더 꼼꼼하게 생각하고, 여유 있게 판단할 걸, 설계의 영역을 좀 더 존중하고 예산을 좀 더 배정할 걸, 자재는 콘크리트보다 나무가 더 좋지 않았을까?' 등등. 살면 살수록 부족하고 아쉬운 부분이 더 생기는 것 같다. 그런데 설계에 충분한 예산과 시간을 들인 분들도 정도의 차이만 있을 뿐 마찬가지다. 세상에 완벽하게 설계된 집은 없

으니까.

우리는 늘 후회하며 산다. '젊었을 때 좀 더 노력할 걸, 공부 좀 더 열심히 할 걸, 작년에 했던 프로젝트는 좀 다른 방향으로 할 걸, 부모님에게 더 잘해드릴 걸, 술을 좀 덜 마실 걸, 술 마시고 치기 좀 덜 부릴 걸, 아니 술을 좀 더 많이 마실 걸, 어젯밤 라면을 안 먹었어야 하는데, 그리고 어젯밤 그 사람에게 전화하지 말 걸, 전화해서 그 말만은 하지 말 걸.' 등등. 그런데 완벽하게 설계된 집이 없듯이 완벽하게 설계된 삶도 없다. 그러니 후회해도 괜찮다. 집은 처음에 설계한 대로 오래오래 살아야 하지만, 삶은 얼마든지 설계도를 변경할 수 있지 않은가!

첫인상에 대한
단상

　　마을에 집이 하나둘 들어오더니, 필지 백 개
가운데 빈 곳이 열 개가 안 되었다. 설계를 워낙 잘하
고, 건축 자재도 다양해져서 그저 예산에 맞춰 무난
하게 지은 우리 '그레이 집'은 별다른 주목을 끌지 못
했다. 정확한 통계는 아니지만 늦게 지은 집일수록,
겉으로 보이는 디자인 요소에 돈을 더 들인 것 같고,
주변과의 개방성은 떨어지는 느낌이었다. 예를 들어
초창기에 들어온 집들은 밖에서 안을 들여다보는 설
계가 많았다. 낮은 울타리가 있고, 울타리 너머엔 적
당한 크기의 마당이나 정원이 있고, 그다음 집이 놓
인 구조다. 물론 한 필지에 두 집이 사는 우리 그레이

집은 밖에서 보이는 마당 대신에 도로에서 작은 테라스를 지나 현관이 있지만, 따로 담을 두지 않았다. 또 골목 끝에, 원형교차로에 놓인 집이라 개방성은 꽤 높은 편이다.

그저 백 채도 되지 않는 집을, 일반화된 통계 논리로 주장하는 건 아주 위험하다는 걸 전제하고, 또 각자의 라이프 스타일을 충분히 존중한다는 전제를 두고, 내가 말하고 싶은 건 집의 첫인상은 집주인을 닮아 있다는 거다. 나와 친한 마을 지인들의 집은 하나같이 열린 구조다. 밖에서 집의 형태가 보이고, 현관이 보이고, 집을 드나드는 사람이 보이는 구조다. 집 자체가 주인을 닮아 외부와 소통하고 싶어 한다.

실제 상황은 이런 거다. 날씨 좋은 주말의 아침에 잠깐 집 앞에 나오면, 소통하고 싶어 하는 집에 사는 지인들과 자연스럽게 얼굴을 마주치고 인사를 한다. 오후에 뭐하냐고 묻고, 시간이 맞으면 맥주를 한잔 하거나 커피를 마신다. 마당에서 뭔가 일을 하고 있으면 도와주기도 하고, 새로 심은 나무나 꽃의 정보를 교환하기도 한다. 심심한 아이들이 슬쩍 놀러 나오면, 같이 놀고 싶은 아이들이 슬쩍 나가서 같이 놀기도 한다. 처음부터 의도했는지는 모르겠지만 개방성이 높은 집의 형태가 만들어낸 라이프스타일이다. 물론 상대에 대한 기본적인 프라이버시는 서로 존중해야 가능한 그림이다.

　　개방성이 떨어지는 구조는 대부분 집의 첫 모습이 굉장히 웅장한 외벽이거나 높은 담에 가린다. 현관이 숨어 있고, 마당이나 정원을 밖에서 볼 수 없는 경우가 많다. 그리고 놀라운 건, 그런 집에는 어떤 분이 살고 있는지 나뿐 아니라 나의 지인들도 잘 알지 못한다. 외부와의 소통보다는 개인과 가족의 프라이버시가 더 중요한 성향의 분들이어서 그런 형태의 집을 지었는지는 알 수 없다. 하지만 개방감이 떨어지는 구조이기 때문에 외부와 소통할 기회가 적을 수밖에 없는 건 어느 정도 맞는 것 같다.

　　집의 첫인상은 재미있는 작명으로도 이어진다. '다락재', '건이재', '이안재', '월류당', '시락당', '낙락헌' 등이 이 마을에 지은 한옥들의 이름인데, 집의 가훈을 한자로 풀어낸 것들이 대부분이다. 상대적으로 양옥은 이름이 있는 집이 별로 없다. 겉모습 때문에 누군가에 의해서 붙여진 이름들은 있다. 내가 그의 이름을 불러주기 전에 그는 하나의 몸짓에 지나지 않은 것처럼 집의 이름도 불러주는 사람이 있는 게 중요한 거라 본다. 우리 사이에 통용되는 이름이란, 그 집주인이 인지하든 말든, 인정하든 말든 의미가 있다는 것이다. 예를 들어 다락이 뾰족한 집의 이름은 '교회집'이다. 진한 붉은색 벽돌로 외장을 한 집의 이름은 '선지집', 외장 타일에서 빛이 반사되는 집의 이름은 '목욕탕집'이다. 그러고 보니 회색 타일을 써서 '그래, 이2 집'이라고 명명한 우리 집의 이름도 첫인상과 잘 어울리는, 꽤 잘 지은 이름이란 생각이 든다. 나만의 생각일까?

집의 울타리,
　　　　마음의 울타리

　　힘겹게 집을 다 짓고, 직접 나무까지 심었는
데 뭔가 모자란 느낌이 들었다. 담이었다. 담이 없으
니 우리 집과 도로, 또 옆집과의 경계가 모호했다. 이
사람 저 사람이 기웃거리고 들여다보니 처음엔 동물
원 원숭이가 된 기분이었다. 사생활 침해야 그렇다
치고 집의 완성도도 떨어져 보였다. 뭔가 하다 만 것
같은 허전함이 컸다. 그래서 옆 땅과 맞닿은 부분엔
낮은 울타리를 쌓고, 도로 쪽엔 더 낮은 회양목을 일
렬로 심었다. 돈은 좀 들었지만 만족감이 더 컸다. 외
형상 집에 안정감이 생겼고, 울타리 안쪽에 있을 때
내 마음도 더 편안해졌다.

우리 마음에도 낮은 울타리 정도는 쌓아 두는 게 좋은 것 같다. 나이가 들수록 새로운 사람과 친해지기가 어렵다. 회사에서 20년 가까이 얼굴을 봤지만, 그저 형식적인 인사만 나누다 보면 오히려 더 가까워지기 어려운 경우가 많다. 각자가 쌓아 놓은 담이 높아 들여다볼 수 없거나 오랫동안 문을 두드리지 않았기 때문일 거다. 반대로 낮은 담도 두지 않아 인간관계에서 어려움을 겪는 경우도 종종 본다. 내 마음의 준비가 덜 됐는데 상대가 무리한 걸 부탁한다거나 너무 사사로운 것까지 묻는 경우에 당황하거나 황당한 경우가 생긴다. 그래서 상처를 받고, 아예 안이 보이지 않는 높은 담을 쌓아버리기도 한다. 마찬가지로 상대가 울타리를 치지 않아서 때로는 부담스러울 때도 있다. 그래서 마음의 낮은 울타리는 나와 상대 모두를 위한 예의고, 배려일 수도 있다. 우리 모두 마음에 낮고 예쁜 울타리를 쌓자. 그리고 상대에게 다가갈 땐 울타리 밖에서 바라보고, 문을 두드려 이해를 구하고, 그 다음 문을 열자. 그렇게 친해지자. 퓰리처상을 네 번이나 받은 미국의 유명한 시인 로버트 프로스트Robert Frost도 이런 조언을 준다.

"좋은 담이 좋은 이웃을 만든다." Good fences make good neighbors.

욕조
　　욕심

　　집을 짓기로 했을 때 딱 두 가지 욕심을 냈
다. 첫 번째는 나만의 작은 서재, 그리고 두 번째는
바깥 풍경이 보이는 욕실과 욕조였다. 물론 욕조에
앉아서 보이는 풍경이 좋다면 더 바랄 게 없을 테고.
우리나라에서 집을 짓는다는 건, 그래도 천편일률적
인 아파트의 구조와 다른 설계에 욕심을 낼 수 있다
는 것이고, 그 욕심 가운데 하나가 바로 밖을 볼 수
있는 욕실의 욕조라고 생각했다. 그래서 가장 볕이
좋은 2층에 비교적 넓은 욕실을 두었다. 창이 작은 게
조금 아쉽지만 북한산과, 북한산과 맞닿은 하늘과,
가끔은 그 밤하늘에 떠 있는 별을 아이와 함께 누워

서 바라볼 수 있을 정도의 적당한 크기로 욕조를 설치했다.

　　한 달에 두어 번, 절반은 아들의 요청으로, 절반은 나의 요청으로 아들과 난 그 욕조에서 논다. 놀이의 종류는 다양하고, 그때그때 다르다. 공룡 몇 마리를 갖고 싸움을 하거나 물총을 쏘면서 놀기도 하고, 작은 플라스틱 바가지를 물에 띄워 뱃놀이도 한다. 샤워 거품을 갖고 유리창에 글씨를 쓰기도 하고, 물이 작은 구멍으로 흘러갈 때 뱅글뱅글 도는 걸 함께 관찰하기도 한다. '코리올리의 힘'이라 부르는 이 현상은 지구의 자전으로 인한 전향력 때문에 일어나는데, 북반구에선 오른쪽으로 돌고, 남반구에선 왼쪽으로 돈다는 놀라운 사실. 놀라운 '부자 욕조 놀이의 힘' 아닌가!

　　지난 주말엔 내가 제안을 했다. 이른 저녁을 먹고 일곱 시쯤. 한낮의 열기는 아마 '지구 자전으로 인한 전향력 때문에' 오른쪽으로 돌아 하늘로 사라지고 있었고, 따뜻한 듯 시원한 공기가 크고 풍성해진 나무 사이를 오가며 우리 집 앞까지 다녀갔다. 적당히 따끈한 물로 욕조를 채우고 아들과 나란히 누웠

다. 기분을 내려고 얼마 전에 알게 된 헤르쯔 아날로
그의 노래도 틀었다.

　　너무 뻔뻔해서 걱정이었는데, 초등학교에 가
더니 아이가 조금 위축된다는 게 느껴졌다. 아무래
도 또래보다 힘이 조금 부족하고, 몸을 쓰는 데 겁이
많다 보니 그런 것 같았다. '아직 어리고, 타고난 성
향이 있다 보니 부딪치면서 또 깨달아가면서 잘 크
겠지.'라고 넘겼다가도 '내가 뭐라도 해줄 수 있는 게
없을까?' 고민하다가 그냥 학교와 친구 얘기를 묻기
도 하고, '혹시 힘들면 아빠가 힘이 되어 줄게.'라고
마음으로 얘기했다.

　　새로운 놀이도 개발했다. 머리를 감겨주다
가 거품으로 뿔을 만들어주고 음악을 듣던 휴대폰으
로 사진을 찍어 보여줬더니 아들이 참 좋아했다. 점
점 가늘어지고 숱이 빠지는 내 머리카락으로도 뭘 만
들어 보겠다고 해서, 우린 헤어 스타일링과 사진찍기
를 하며 한참을 놀았다. '혹시 아빠 머리숱이 더 많이
빠져서 볼품이 없어지면, 네가 좀 힘이 되어 주라.'고
마음으로 얘기했다.

뜨겁던 해는 지고 선선한 바람이 부는 여름 밤,
어둠으로 물든 하늘엔 식은 공기만 있어,
향기로운 바람이 불면 살며시 미소를 지어
무더웠던 나의 하루를 어루만져주는 여름 밤

헤르쯔 아날로그의 <여름 밤>이 욕실에 흘렀고, 우린
어쩌면 이 노래 가사처럼 서로를 물과 거품으로, 그
리고 몸을 담그기에 적당한 온도의 뜨끈한 마음으로
어루만져 주었다.

집을 짓고 싶다면 꼭 욕조에 욕심을 내라고
권장하고 싶다. 욕조에 앉아 창밖 풍경을 볼 수 있다
면, 그 풍경에서 혹시 좋은 노래 가사 한 소절 떠오른
다면 더 좋을 테고.

가족의
부재

'야호!', '앗싸!'

아내와 아이들이 제주로 보름간 여행을 갔다. 빨래며
간단한 설거지며 약간의 집안일이 생기겠지만 집에
서는 온전히 나만의 시간. 그런데 웬걸, 48시간이 지
나지 않아 '나만의'와 '시간' 사이에 '고독한'이란 형
용사가 슬그머니, 그러나 또렷하게 끼어들었다. 시
간은 그렇게 흘러갔다. 대체로 저녁 식사와 반주를
곁들인 평일 귀가 이후엔 텔레비전 재핑zapping : 광고
를 피하기 위해서 리모컨으로 채널을 바꾸는 행위을 하고, 졸다가 잠
이 들었다. 휴일엔 좋아하는 운동을 했지만, 역시 귀
가 후엔 평일과 크게 다르지 않았다. 책을 잡아도 글

이 잘 안 들어왔고, 혼자 듣는 음악은 감정 없이 공간에 퍼지다가 사라졌다. 마침 에릭 사티Alfred Eric Leslie Satie*의 곡이 왜 자꾸 눈에 들어왔는지, 평생을 처절한 외로움 속에 살다간 그의 삶이, 시공간을 넘어 우리 집 거실 스피커를 통해 청승맞게 흘렀다.

평소에 그렇게 갈구하던 여유를 알차게 쓰지 못하고 있다는 자책이 싫어서 어차피 고독한 거, 근사한 이유라도 찾으러 다시 에릭 사티의 '짐노페디'를 청했다. 내 자아를 어느 한적한 숲길에 데려다 놓은 듯한 몽환적인 피아노 연주곡으로 차분하게 생각을 정리할 때 좋은 음악이다.

그리고 얻은 깨달음. 내가 평소 생각했던 가정家庭에서의 가정假定이 틀린 거였다. 첫째, 아이들에게 친하고 편한 아빠를 자처했던 난 그동안 아이들을 위해 놀아준 게 아니었다. 그냥 나를 위해 아이들과 같이 논 거였다. 물론 가끔은 아닐 테지만, 아이들과 아내는 집에서 나의 유희를 위한 나의 친한 친구들이

---

* 미니멀리즘과 큐비즘의 개념을 음악에 도입한 매우 독창적인 프랑스 작곡가.

었던 거다. 둘째, 가끔 시간은 철저하게 상대적인 거였다. 아껴서 만든 시간이 더 소중한 거였고, 그래서 꼭 아껴서 써야 하는 절대적인 소중함이었다.

가족과 시간에 대한 깨달음을 안고 제주행 비행기에 올랐다. 늦은 저녁, 숙소에 도착하자마자 시작된 아내와 두 아이를 포함한 세 친구들의, 마치 '쇼 미 더 머니'show me the money의 하이라이트 같았던 '이야기 배틀'. 지난 1주일 동안의 제주 이야기는 세밀한 묘사와 적절한 비유를 곁들여 한 시간 만에 깔끔하고 빼곡하게 정리됐다. 세 친구가 시간당 쏟아낸 단어의 수가 내 귀로 담아낼 용량을 벗어나면서 살짝 피로가 몰려왔다. 그러나 '다시 고독을 그리워하면 안 되겠지?' 이 '쇼 미 더 머니'가 내가 몇 시간 전까지 애타게 그리워한 수백, 수천만 원과 바꿀 수 없는 그 시간이었으니까.

DIY

DIY.Do It Yourself 혼자 하란 얘기다. 가구나 옷 등을 개성에 따라 직접 만들어 쓰는 유행이 번지더니 스웨덴의 글로벌 기업 '이케아'가 우리나라에 들어오면서 열풍은 더 거세졌다. 우리 가족도 역시 이 열풍에 가세했다. 집을 짓고 이사를 하면서 아이 옷장과 책상, 식탁 의자 등을 직접 조립했다. 집 근처에 이케아 매장이 문을 열면서 아이의 침대, 소파까지 'Do It Myself'로 해결하기에 이른 것.

엄청난 발전이 아닐 수 없다. 사실 혼자 놀고, 혼자 공부하고, 혼자 밥 먹는 것까지는 어려운 게 없었지만, 나에게 가구를 혼자 조립하는 일은 익숙하지 않았다. 성인이 돼서 전구를 가는 일에도 겉으로는 '별거 아니야' 하면서 속으론 '잘 안 되면 어떻게 하지?', 하는 두려움이 앞섰음을 고백한다. 그리고 대부분 문과생인 내 친구들도 '사정은 크게 다르지 않다.'라고 난 확신한다. 그런데 하다 보니 이게 재밌다. 할수록 요령이 기술이 되고, 또 이미 다 자란 내 자아가 성장하는 걸 느낀다. 다 만들었을 땐 자신감도 팍팍 쌓인다.

세상일이 다 그런 것 같다고 얘기하는 건 무리일 텐데, 최근에 또 하나의 성공스토리가 있었다. 이번엔 자동차다. 회사 후배가 타던 차를 많이 싸게 인수해서 타고 있는데, 헤드라이트가 안 들어오는 거다. 카센터에 갔더니 가격이 생각보다 너무 비쌌다. 그래서 용기를 냈다. 유튜브를 찾아보니 교체하는 방법이 자세히 나와 있었다. 내 친구들은 다 알 거다. 자동차의 보닛을 열었을 때 확 밀려오는 두려움과 생경함을. 마치 인터넷과 한글 정도만 쓸 줄 아는 '컴맹'이 최신 사양의 컴퓨터 본체를 뜯었을 때의 느낌 같은 거다.

그런데 역시 해내고야 말았다. 난 DIY로 다져진 아주 기술적인 남자니까. 가장 먼저 두려움을 가라앉힌다. 어둠 속에서 나사를 풀고 연결된 전선을 분리한다. 고장난 벌브를 새것으로 교체한다. 한숨을 쉬고 다시 집중력을 높인다. 기억력을 더듬어 좀 전에 했던 과정을 반대로 밟아 처리한다. 보닛을 쾅 닫고 운전대로 돌아가 라이트를 켰을 때 빛이 발사된다. 그것도 아주 환하게. 마치 나의 미래를 찬란하게 비추듯. DIY, Do It Yourself의 다른 뜻은 Dispel Indecision Yourself 망설임을 떨쳐내라 가 아닐까?

어떻게
행복할까?

'행복하세요', '행복을 빌어요', '행복해라.'

새해와 크리스마스 때 연중행사로 주고 받는 말이다.
나만 해도 2,500명이 넘는 카톡 친구에게 가끔 혹은
수시로, 그리고 20대 시절 연인과 헤어질 때 꽤 쿨한
말투와 편지로 했다. 우리는 평생 참 많은 행복을 전
하기도, 받기도 했다. 그것의 진정성과는 별개로.

그렇다면 무엇이 행복일까? 머릿속에 선명
하게 그림이 떠오르고, 정치평론가가 방송에서 떠들
듯 술술 할 말이 많아지는 사람이라면 상관없겠지만,
우리는 대게 말이 막힌다. 그래서 행복은 구체적이어
야 한다. 그래야 내가 어느 순간에 행복한 감정을 느

끼는지 정확히 알 수 있고, 그 순간을 만들기 위해 노력할 수 있다. 모호하면 평생 모호한 대로 살게 된다. 그래서 생각나는 대로 적기로 했다. 많이 적을수록 행복한 거니까.

1. 운동편

- 가끔 치는 테니스에서, 게임에 지더라도 잘 감긴 스트로크가 빠르게 네트를 넘어 상대의 빈 코트에 꽂힐 때. 상대의 강한 스트로크를 감각적인 발리로 반격했을 때. 뒤로 넘어가는 공에 타이밍을 딱 맞춰서 스매싱으로 점수를 따낼 때.

- 그렇게 테니스 쳐서 이길 때.

- 가끔 치는 테니스보다 훨씬 기회가 적지만, 골프 치면서 버디 잡았을 때.

- 골프 치면서 80대 스코어를 쳤을 때.

- 버디도 못 하고, 스코어도 엉망이지만 편한 친구들과 농담하며 골프 칠 때.

- 역시 가끔 가는 등산이지만, 조금씩 산에 오르며 조금씩 숨이 차오며, 조금씩 건강해짐을 느낄 때.

- 어느 봄날 휴일 오전, '벚꽃 비'를 맞으며 킥보드 탄

정안이와 동네 산책길을 함께 달릴 때.

- 지하철 계단을 두 개씩 오르는데, 살짝 숨이 차고 허벅지가 조여오는데도 불구하고 버틸만 할 때.

- 턱걸이 개수가 어제보다 두 개쯤 늘었을 때.

- 팔굽혀펴기를 하는데 몸이 가벼워서 30개쯤 거뜬 히 해냈을 때.

2. 음주편

- 테니스 치고 미지근하거나 그것보다 살짝 낮은 온도 로 샤워한 후에 시원, 또는 그것보다 살짝 낮은 온도 로 냉장고에 보관된 맥주를 전용 컵에 따라 마실 때.

- 작은 정원에서 두 시간 정도 노동하고 내리쬐는 햇빛을 받아 구릿빛으로 자연 선탠 됐을 무렵, 구 리와 아연, 니켈 등을 적절하게 섞어 만든 누리끼 리한 양은그릇에 최소한 영업용 냉장고에서 차갑 게 온도가 유지된 막걸리 한잔 따라 마실 때.

- 기온은 0도에서 5도, 공기는 차갑지만 바람은 불 지 않고 햇볕은 따뜻한 날, 현관 테라스에서 캠핑 의자에 앉아 앞산 보며 와인 한잔할 때.

- 잘 구워진 삼겹살에 소주 1/4잔에 맥주 1/3잔을 더

한 환상적인 비율의 폭탄주를 마실 때.석 잔까지만

3. 취미편

• 우연히 보게 된 멜로드라마에 흠뻑 빠져, 과거를 추억하며 맥주 한잔 홀짝대며 혼자 킥킥거릴 때.

• 와인 한잔하며 읽는 수필이 잘 읽힐 때.

• 읽는 책에서 좋은 글귀가 쏙쏙 들어와 밑줄 칠 게 많을 때.

• 최근에 본 <위키드>처럼 음악 좋고, 스토리 좋고, 무대도 좋은 뮤지컬을 볼 때.

• 그런 뮤지컬 끝나고 커튼콜 할 때.

• 집에서 마음 맞는 지인들과 바비큐 파티할 때.

• 쉬는 날 아침이나 해가 떨어진 오후 늦은 시간에 현관 앞 테라스에서 질 좋은 블루투스 스피커로 흘러나오는 음악에 취할 때.

• 작년 봄 정원에 꽃이 부족해 가을에 사다 심은 라일락과 남경도화가 한파를 잘 견디고 꽃을 피우는 등, 내가 심은 나무와 꽃이 부족한 나의 정성에도 화답해줄 때.

4. 가족편

- 아이들과 함께하는 거의 모든 시간.

- 미주알고주알 시시콜콜 묻는 게 귀찮지 않고, 재
잘재잘 떠드는 아이들의 소리가 백색소음처럼 느
껴질 때.

- 아이들의 자는 모습을 보는데 마음이 편안해지
고, 괜스레 아빠가 된 게 뿌듯할 때.

- 아이들이 나로 인해 '인생이 좋은 거구나, 사는 게
재미있는 거구나, 나란 존재가 가치있는 거구나.'
라고 느끼는 걸 확인할 때.

- 수화기 너머 엄마의 목소리에 걱정이 묻어나지
않을 때.

- 일가가 모였는데, 그 어떤 이유에서든 웃을 일이
있을 때.

- 아내의 마음이 편안하고 여유 있다고 느껴질 때.

- 아내한테 잘했다고 칭찬들을 때.

5. 업무편

- '잘할 수 있을까?'라고 걱정했던 일을 잘 해냈을 때.

- 일을 마치고 기분 좋은 가슴 떨림을 느낄 때.

- 우연히 술을 마시다가 누군가가 "그 일은 00가 최고지!"라고 할 때. 그 얘기를 취하지 않고 들었을 때.
- 노력과 성과에 맞는 보상을 받았을 때.
- 후배들이 찾아와 도움을 청하고, 나의 도움이 그들을 행복하게 할 때.
- 내가 잘하는 일과, 좋아하는 일이 일치할 때.
- "어, 이런 것도 잘했어?"라며 나만 알고 있었던 나의 필살기를 누군가 알아챘을 때.

6. 여행편

- 여행은 그냥 다 행복한 것 아닌가? 젊은 시절 여행이라면 더더욱.

인생의
　　기조를 묻는다면
　　　　효용성

　　내 인생의 기조는 효용성이다. 어제의 극심
한 귀성 정체 상황에 나는 새벽 네 시 출발이라는 비
장의 카드로 맞서 서울에서 대전을 두 시간 만에 주
파했다. 오늘 차례를 지내고 논산에서 돌아올 때도
상습 정체 구간을 피해 50분밖에 걸리지 않았다. 작
전 대성공인 셈이다. 평소 차 막히는 것과 줄 서는 걸
가장 못 견뎌하고 총각 시절엔 종일 집에 있는 걸 죄
악처럼 여겼던 나는, 업무를 할 때도 늘 첫 번째 기준
이 효용성이었다. 취재를 나가면 어떻게든 추가로 더
할 것이 없나 머리를 굴렸고, 부서의 근무 시스템을
설계할 때도 가성비를 높이기 위해 애를 썼다. 아마

도 내 인생에 가장 바빴던 대학 시절에 학교 방송국 일과 학과 수업, 그리고 틈틈이 알바를 함께하면서 몸에 밴 습관이 날 이렇게 만들었으리라 짐작한다.

헌데 효용성이 언제나 옳은 기준이 아니란 걸 요즘 가끔 깨닫는다. 50의 노력으로 일의 80을 하는 게 가능하더라도 부족한 20을 채우기 위해 나머지 50의 노력마저 다 쏟아야 할 때가 있기 때문이다. 특히 아이를 키우는 일이 그렇다. 아이의 생각 주머니를 키워주고, 말과 행동을 정확히 이해하고, 바른 성장을 돕는 일엔 효용성이나 가성비의 기준이 맞지 않는 것 같다. 절대 시간과 관심의 깊이가 더 중요하다는 걸 경험이 쌓일수록 깨닫는다.

하지만 난 숨막히는 정체를 피하기 위해 가족들을 설득해 내일 새벽 다섯 시 귀경길에 오를 예정이다. 대전에서 서울까지 두 시간 반 정도 걸린다면 매우 흐뭇할 것 같다.

지킬인가,
하이드인가?

- 인상 좋다는 말 자주 듣는다. vs 뚜렷한 개성이 없는 인상이다.
- 적이 없다. vs 적을 만드는 불편한 상황을 회피한다.
- 남의 말을 잘 듣는 편이다. vs 줏대가 없나 의심한다.
- 인정 욕구가 강하고, 자아 효능감이 높다. vs 사람이나 조직에서 인정을 받지 못하면 우울하다.
- 다방면에 관심과 아는 게 많다. vs 무엇 하나 확실하게 꿰뚫고 있는 건 없다.
- 적응력이 뛰어난 편이다. vs 적응하지 못하는 내 모습을 참지 못하는 편이다.
- 나이에 비해 감성이 풍부하다. vs 나이도 모르고 감

성에 겨워 허우적거릴 때가 있다.

• 윗사람들 생각을 잘 읽고 분위기에 맞춰 행동한다. vs 나와 같지 않은 아랫사람들이 많으면 불편하다.

• 운동을 잘한다. vs 확실하게 내세울 종목은 없다.

• 쉽게 읽히는 감성적인 에세이를 쓴다. vs 논리적으로 설득하는 글엔 힘이 부족하다.

• 효자인 것 같다. vs 인지하기 힘든 혈육의 정에 욕 안 먹을 만큼의 의무감이 남아 있다.

• 신중하지만, 내린 결정에 대해선 흔들리지 않고 집중한다. vs 때로는 신중하지 말고 결정을 빨리해야 할 때도 있고, 신중하게 결정했지만 방향을 바꿔야 하는 일도 있다.

• 주변 사람들에 친절하고 상냥한 편이다. vs 누군가는 자신에게만 친절했으면 한다.

• 좀처럼 화내지 않는다. vs 1년에 한두 번, 꼭 이상한 타이밍에서 화를 못 참는다.

　　　　첫 번째 설명도 나고, 두 번째 설명도 나다. 같은 성품과 모습이 때로는 장점, 때로는 단점이 된다. 감정의 널뛰기가 가끔 찾아온다. 감정도 공기와

같아서 주변 사람에 영향을 주고, 그 영향이 피해가
되기도 한다. 자신감과 행복한 감정과 에너지가 하늘
끝으로 올라갈 땐 두 번째 나를 생각하고, 땅 밑으로
꺼질 땐 첫 번째 나를 떠올리려 애쓴다.

두 집
살림

두 집 살림을 시작했다. 아내가 어느 날 덤덤한 표정으로 그러자 했고, 나도 그냥 별 고민 없이 고개를 끄덕였다. 그렇게 애정하던 그레이 집을 임대로 내줬고, 살림은 셋으로 나눴다. 침대와 책상 등 큰 짐들은 세입자와 협의해 그레이 집 서재에 뒀고, 아내와 아이들의 옷, 책 등은 바다 건너 제주로 보냈다. 나머지 내 짐은 옆 동네에 얻은 나의 거주지, 일명 '해방 타운'에 옮겼다.

사실 코로나19 때문에 아이들이 학교에 가지 못하는 날이 길어지면서 아내는 조금 다른 삶을 고민했다. 온라인 수업을 한다고 하지만 학교, 특히 초등

79

학교는 단순히 지식을 습득하는 것보다 훨씬 더 많은 기능을 수행하지 않는가? 친구를 사귀고 선생님과 관계를 맺고, 그러면서 1년에 10센티미터씩 자라는 키만큼 자아도 성장하고. 어린이에서 청소년으로 바뀌는 놀라운 변화에 학교가 가정만큼이나 큰 역할을 해야 하는 곳인데, 그렇지 못한 현실을 아내는 안타까워했다. 그래서였을까, 공동체의 건강한 시민으로서 교육부와 서울시교육청의 등교 제한 결정을 존중하는 아내는 현실을 탓하며 바뀐 환경에 순응하는 대신에 절이 싫어 떠나는 스님의 심정으로 '탈서울'을 결정하고, 곧바로 실행에 옮겼다.

그렇다면 왜 제주였는가? 물론 아이들을 위한다는 아름다운 이유만 있었던 건 아닌 것 같다. 아내는 제주의 낯설음을 좋아했다. 추진력과 함께 독립심이 강한 아내는 5~6년 전부터 1년에 두 번 정도, 짧게는 한 번에 열흘, 길게는 한 달씩 아이들과 함께 제주에 머물다 왔고, 휴가를 길게 내지 못한 나는 그 일정의 일부를 함께하곤 했다. 그러다가 언제부터인가 그 낯설음이 일상의 익숙함이어도 좋겠다는 생각이

트였을 테고, 코로나는 그럴싸한 명분이 된 것 같다.

그렇다면 나의 선택은? 아내에게 처음 제안을 들었을 때 호기롭게 "당신과 아이들이 좋다면 난 상관 없어."라고 했지만, 솔직히 깊이 고민하기 전에 원하는 집이 나왔다며 제주 부동산에서 전화가 왔다. 그 집을 계약하려면 오늘 안에 계약금을 보내야 한다는, 똑 부러지는 말투에 거북하지 않을 정도의 상업적 친근감이 돋보이는 부동산 사장님의 재촉이었다. 계약금을 보내지 않으면 이 프로젝트가 무산될 수 있다는 절박함이 집안 공기를 무겁게 채웠던 그날 오후, 내 손으로 계약금 100만 원을 송금하면서, 충분하게 무르익지 않은 그 무거운 고민은, 그렇게 돌아오지 못할 강을 건너 버렸다.

그렇게 아내와 아이들은 바다를 볼 수 있는 창문이, 그것도 통창이 있는 제주로 떠났고 나는 아파트 담벼락보다 훨씬 삭막해 보이는 고층 건물에 입주했다. 결혼 전엔 혼자 잘 살았지만, 반백을 눈앞에 두고 맞이한 '홀로 살이'에 왜 두려움이 없겠는가? 평범한 듯 평범하지 않게 사는 게 인생 기조였는데, 문득문득 '이렇게 사는 건 평범한 듯 평범하지 않게 사는 것을 살짝 벗어난 것 아닌가?'라는 의문이, 지나치게 결단력 있었던 그날 오후의 선택을 붙잡았다.

그저 제주에선 아이들이 코로나 전처럼 학교다운 학교생활을 할 수 있다는 것, 원한다면 아무 때나 푸른 바다와 넓은 모래사장에서 육체와 마음의 허기를 충분히 채울 수 있다는 것, 찬란한 석양과 눈 쌓인 한라산을 맘껏 바라볼 수 있다는 것, 그렇게 낯선 제주의 매력을 여행이 아닌 일상에서 온전히 느낄 수 있다는 것.

"그 정도면 되는 거지."

일단 그렇게 만족했다.

외면

　'이대로 그댈 보낼 수는 없어요. 이대로 잊을 순 없어요.'
이렇게 시작하는 노래가 요즘 나의 최애곡이다. 얼마 전 비
가 추적추적 내리던 날, 집에 오는 길에 라디오에서 이 노래
가 나오는데, 참을 수가 없어서 핸들을 돌렸다. 이 노래의 무
엇이 내 감정선을 건드린 걸까? 왜 갑자기 세상에 나온 지
30년이 된 노래가, 갑자기 너무나 부르고 싶어 핸들을 돌릴
정도로 내 맘과 몸을 차례로 두드린 걸까? 뮤지션도 아닌 내
가, 하물며 노래도 잘 못하는 내가, 음악의 세계를 경외하게
만든 사건이었다.

　양수경 님은 1년 전쯤 한 인터뷰에서 이렇게 말했다. "외면
이란 곡을 수백 번 불렀지만, 아직 한 번도 만족한 적이 없
어요." 그만큼 어려운 노래고, 웬만큼 불러서는 만족할 수
없는 노래다. 못 믿겠으면 불러보시라. '비 내린 거리에 흩어
진 꽃잎은 황혼에 시들어 가고, 그대와 둘이서 걷던 길에 바
람만 쓸쓸히 불어요.' 가사 중에 가장 시적이고, 제일 맘에
드는 부분이다.

　'그대가 아니면 그 누구도 이제는 사랑할 수 없어요.' 노
래의 마지막 가사인데, 이러한 애절함이 다시 이 노래를 찾
게 만든다. 사람과 세상이 '외면'하는가? 너무 슬퍼하지 말
고 '외면' 한 곡 부르고 이겨내시길.

북한산이 주는
특별함

마을에 재밌는 얘기가 있다.
삼삼오오 모여서 저녁을 함께하는 날이면,
누군가 말한다.

"오늘은 달이 저렇게 예쁘게 떴으니, 집값이 1억은 올랐겠네."

우리 동네가 좋은 건, 전적으로 북한산 때문이다. 북한산이 있고 없고는 짜장면의 보통과 곱빼기 정도의 문제가 아니다. 찐빵에 들어간 '앙꼬' 차원의 문제도 아니다. 굳이 비교하자면 이 동네의 북한산은 오렌지 주스의 오렌지 정도는 될 것 같다. 사계절의 다른 배경이 되어주고, 사계절의 다른 공기와 바람을 전해주고, 사계절의 다른 마음을 갖게 해준다.

마을 사람들은 북한산의 벗이 되어 산에 오르고, 둘레길을 걷고, 계곡물에 더위를 쫓고, 산이 뿜어내는 맑고 시원한 공기를 마신다. 아이들은 숲속을 뛰어다니며 자연의 소중함을 배운다. 여섯 살 때인가, 아들이 숲속 체험을 마치고 도롱뇽 알을 잠시 가져와 옆집 마당에 있는 돌수반에 잠시 보관했는데, 그 옆집 형님은 그 이후로 '도롱뇽 아저씨'가 되었다.

마을에 재밌는 얘기가 있다. 삼삼오오 모여서 저녁을 함께하는 날이면, 누군가 말한다.

"오늘은 달이 저렇게 예쁘게 떴으니, 집값이 1억은 올랐겠네."

그러면 다른 누군가 "별들이 저렇게 잘 보이는데, 1억은 더 올려야 하지 않을까요?"라고 한다. 물론 재미로 하는 얘기고, 단독주택은 아파트와 달리 시세라는 걸 정하기가 어렵다. 부동산 투자의 관점으로만 보면, 어쩌면 성공보다는 실패에 가깝다고 하는 게 맞을 거다. 하지만 우리 마을과 우리 마음을 두 팔로 크게 감싸주고 있는 북한산의 특별함을, 세상에 싫어하는 사람은 없을 거다. 모르는 사람이 많을 뿐.

동백꽃 피는
　　　북한산

　　5년 전인가, 내게 가장 감동을 줬던 꽃이 있
었는데 동백꽃이다. 우연히 텔레비전 채널을 돌리다
가 보게 된 드라마 <동백꽃 필 무렵>에 마음을 뺏기
고서다. 결국 사람과 사람의 관계, 그중에 가장 끈끈
한 가족의 사랑이라는 보편적인 주제였지만 캐릭터
의 신선함과 공백을 찾을 수 없었던 배우들의 명연
기, 멜로와 스릴러를 씨줄과 날줄처럼 엮은 구성, 그
리고 이 모든 것에 생동감을 넣어준 작가의 글이 나
뿐 아니라 많은 시청자들의 공감을 이끌어낸 것 같
다.

　　요즘 나는 우리 마을에서 <동백꽃 필 무렵>

의 공간이 됐던 '옹산'을 떠올린다. 어제 저녁엔 퇴근 후 우연히 마을 '번개 모임'에 초대됐다. 버블티를 시킬 때 물어보는 당도와 비교하자면, 친밀도 1에서 5까지의 다양한 이웃들이 모여 적당한 술과 적당한 당도만큼의 이야기를 나눴다. 어른스러운 5세부터 수줍은 14세까지 아이들도 함께. 특별한 얘기도 아니었고, 긴 시간도 아니었지만 집으로 돌아갈 때 우리는 모두 '달달 했다.' 가끔 우리는 그렇게 편하게 모여 소소한 추억을 쌓고, 따뜻한 위안을 얻는다.

맛있는 음식을 나눠 먹는 것도 즐거운 일상이다. 우리는 옆집 덕을 많이 본다. 옆집 도롱뇽 형님은 고향이 전라남도 신안군에 있는 임자도다. 그래서인지 그집에는 철마다 싱싱한 해산물이 배달된다. 정확히 기억나지는 않지만, 친구가 바다에서 잡았다는 물고기도 있었고, 사촌형의 사돈의 8촌쯤 되는 분이 사서 보냈다는 전복도 있었다. 또 마장동에서 가져온다는 곱창도 있었는데, 아내가 손꼽아 기다리는 곱창은 아직 말뿐이다. 또 옆집의 디자이너 형은 동네에서 알아주는 요리사다. 각종 찌개와 국은 기본이고 닭볶음탕, 파스타, 스테이크 등 다양한 요리를 맛있게 해서 이웃들과 자주 나눠 먹는다. 난 형에게 디자이너 그만하면 식당을 내라고 얘기하는데, 재료비가 너무 많이 들어 이익이 남지 않을 거라며 사양한다. 아, 요리사 한 분을 빼놓을 뻔했다. 고향이 포항이고 한옥에 사는 이분은 깔끔한 맛의 탕을 잘하는데, 술이 살짝 취하면, 갑자기 냉장고를 털기 시작해 다양한 안주를 만들어 대접한다. 그래서 이 집의 애칭은 '실비집'. 하지만 요즘은 이 실비집의 경제 사정을 고려해서 이분이 술을 먹다 갑자기 자리를 박차고 냉장고 문을 열기 시작하면 우리는 서둘러 자리를 끝내려고 노력한다.

초등학교 때 배웠던 준거집단에 대해서 간혹 생각한다. 아마도 내가 힘들어서 위로받고 싶을 때일 거다.

"네 생각이 옳아. 네가 가고자 하는 길이 맞아."

이 말을 듣고 싶어서일 거다. 대부분은 가족과 회사의 일부 사람들, 여기에 더한다면 친한 친구들의 모임, 그리고 종교 모임에서 사람들은 안정감을 갖고 자신의 말과 행동의 준거를 찾으려 할 것이다. 여기에 하나 더하자면 동네 사람들에게서 부담되지 않은 약한 고리지만, 준거의 의미를 찾는다. 아마 우리 이웃들도 그러지 않을까?

"나는 모래밭 위 사과나무 같았다. 파도는 쉬지 않고 달려드는데 발밑에 움켜쥘 흙과 팔을 뻗어 기댈 나무 한 그루가 없었다. 이제 내 옆에 사람들이 돋아나고 그들과 뿌리를 섞었을 뿐인데 이토록 발밑이 단단해지다니 이제야 곁에서 항상 꿈틀댔을 바닷바람, 모래알, 그리고 눈물 나게 예쁜 하늘이 보였다."

<동백꽃 필 무렵>의 임상춘 작가가 드라마 가장 마지막에 쓴 글이다. 가장 하고 싶었던 말이었을 거다. 공효진이 건조하지만 착함이 묻어나는 목소리로 읽었다. 생각해 보니 어젯밤 달달한 마음으로 집에 오던 길, 항상 꿈틀대고 있는 북한산에서 불어오는 바람과 별이 떠 있는 예쁜 하늘이 '보였던' 것 같다.

정상인
  산악회

　　운동이라면 질색하던 아내가 갑자기 산에 빠
졌다. 처음에는 집 근처 북한산 둘레길을 가끔 걷더
니, 북한산 봉우리를 오르기 시작했다. '저러다 그만
두겠지.' 싶었는데 안 가면 큰일이라도 날 것처럼 일
상이 됐다. 가끔 혼자 가는 게 못마땅해서 잔소리도
해봤지만, 10년간 듣지 않던 내 말을 이번에 들을 거
라곤 사실 기대하지 않았다. 새로 나왔다는 기능성
등산화에 적당히 세련된 등산복을 사고, 등산 전용
앱도 내려받아 북한산 정복에 나선 것이다.
　　마침 유행했던 아프리카 돼지 열병처럼, '산
사랑'은 동네에 빠르게 퍼졌다. 추진력 하나는 끝내

주는 아내는 정기 모임을 만드셨다. 발기인 성격의 처음 회원은 세 명. 한 분은 원래 가끔 산에 오르는 분이었고, 또 한 분인 옆집 형수는 운동과는 거리가 멀었지만 최근 건강검진에서 특정 수치가 조금 좋지 않았던 걸 등산을 갈 수밖에 없는 합리적인 근거로 찾아내 좋아했다. 전염도 빨랐다. 1~2주 만에 일곱 명이 모였다. 산에 오르는 이유도 제각각, 이분들은 '독수리 7자매'라도 된 것처럼 열광했다. 모임의 이름은 '정상인 산악회'. 정상을 정복하겠다는 뜨거운 열망을 나타낸 줄 알았는데, 그 의미보다는 자신들은 비정상이 아니라 정상인들이라고 뜨겁게 믿고 싶어 만든 이름이란다. 그래서 이 독수리 7자매는 매주 한 번 이상 모여 산에 오르고 있다.

대강 전해 들은 일정은 이렇다. 아침에 아이들을 학교와 유치원, 어린이집에 보내고 열 시쯤 모여 산에 오른다. 열두 시나 한 시쯤 내려와 점심을 먹고 해산한다. 가끔은 막걸리 한두 잔을 걸치는 것 같다. 요즘은 기온이 가끔 영하로 떨어지는데 이 '정상인'들에겐 별 문제가 되지 않았다. 그런데 이 소소한 모임에 만족감이 꽤 큰 것 같다. 일단 회장님이신 우리 아내만 봐도, 내가 집안일을 아주 잘했을 때 수준으로 짜증이 줄었고 표정이 밝아졌다. 살도 조금 빠진 것 같고, 팔다리에 근육도 붙었다고 살짝 자랑을 했다. 옆집 형수의 그 건강 수치도 좋아졌다는 얘기를 들었다. 승무원 출신의 멤버 한 분은 2만 원짜리 등산 모자를 혼자 주문하고 오랜만에 설렜다고 한다. 나이가 비슷하고 결혼한 해도 같은 두 멤버는 40여 년 동안 모르다가 산에 같이 몇 번 올랐을 뿐인데, 마음을 털어놓고 고민을 공유하는 '소울메이트'가 됐다고 한다.

아마도 육아와 집안일은 해도 해도 끝이 없는 무한 반복의 일상이지만, 등산은 일단 산에 올랐다는 성취감이 그녀들에게 힐링이 되어 주는 모양이다. 이쯤에서 왜 우리 남편들은 그녀들에게 북한산이 되어 주지 못했나 반성한다. 비봉, 향로봉, 사모바위, 백운대, 만경대, 인수봉, 응봉 등 정상인 산악회가 북한산 스물세 개 봉우리를 모두 오르고 난 다음엔 나도, 우리 남편들도 그녀들의 스물네 번째 봉우리쯤은 되어 줘야 하지 않을까? 내가 생각해도 난 참 '정상인'인 것 같다.

기타 등등?

　　　　기타 등등!

　　나를 포함해 동네 아저씨들 열 명이 퇴근 후에 모였다. 시시덕대며 기타 하나씩 둘러메고 오는 모습이 마치 아이들 같았다. 기타를 한번 배워보자고 알음알음으로 제안했는데 목표했던 열 명이 금방 채워졌다.

　　그렇다. 4,50대 아저씨들에게 기타는 특별했다. 첫사랑의 추억이고 목마름의 대상이었다. 고등학교 다닐 때 좋아하는 작고 귀여운 여학생이 있었는데, 자기보다 못생겼지만 기타를 아주 잘 치던 같은 반 친구에게 뺏겼다는, 어디선가 들었던 것 같은 뻔한 얘기부터, 대학 다닐 때 그룹사운드 동아리에서 활동했지만 본인은 악기를 다루지는 않고 나르기만 했다는 믿기 힘든 얘기까지, 수업 첫날은 기타 소리보다 추억이 더 풍성했다.

나와 기타의 인연도 동네 아저씨들과 크게 다르지 않다. 고등학교 때 조그만 교회를 다녔는데, 기타를 잘 치는 형과 친구들이 많았다. 기타 치며 노래하는 모습이 멋있었고, 그래서 나도 인기 많은 교회 오빠가 되고 싶기도 했던 것 같다. 그런데 그때 싹텄던 기타에 대한 열정에 난 30년 동안 물을 주지 않았다. 대학 때 동아리방에서, 또 총각 때 혼자 살던 몇 곳의 자취방에서 몇 번의 생각은 있었지만 행동이 따라주지 못했다.

일주일에 한 번씩, 현재까지 다섯 번 수업을 진행했는데 평균 나이 50살인 우리의 열정은 대단하다. 처음 기타를 잡은 형님도 벌써 코드 6~7개를 거뜬히 외웠고, 퇴근 이후 꼭 한 시간씩 연습을 하고 잠자리에 드는 형님도 있다. 나를 포함해 모두가 왼손가락 끝에는 훈장 같은 굳은살이 생겼다. 선생님도 놀랄 정도로 우린 못다 이룬 '교회 오빠'의 꿈을 빠르게 키워가고 있다. 지난주엔 '슬로우 고고' 주법으로 김광석 님의 <이등병의 편지>를 이등병이 훈련받듯이 군기 잡힌 채로 어설프게 끝까지 합주했다. 다음 시간엔 벌써 뜯는 주법인 '아르페지오'에 들어간다고 한다.

30년 넘게 음악 활동을 하신 선생님이 그러신다. "그 나이에 이렇게 기타 치며 즐겁게 노는 게 좋은 거 아니냐. 그러다 좀 잘 치면 동네에서 연주회도 하고 버스킹도 해보라."고. 우리가 제대로 한 곡이라도 마스터할 수 있을지는 아직 잘 모르겠다. 하지만 뭐 불가능할 것 같지도 않다. 4,50대 아저씨들은 요즘 힘들다. 직장에서나 집에서나 상사에게 밀리고, 아이들에게 양보하고 '기타 등등' 신세일 때가 많다. 우리는 기타 치는 수요일 저녁만큼은 '기타 둥둥'이다.

간절한
간절기

　가끔 누군가 가장 좋아하는 계절을 물으면 간절기라고 답했다. 그런 결정의 계기는 별거 아닌 한순간이었던 것 같다. 대학 2학년 때 가을학기가 시작되고 얼마 지나지 않은 날의 등굣길. 아침에 수업을 들으러 캠퍼스를 걷는데 딱 기분 좋게 시원한 바람이 불었다. 긴 소매 셔츠 사이로 살에 닿는 바람의 느낌이 참 좋았다고 생각했더랬다. 아마 그때 뭔가 기분 좋은 일도 있었을 텐데, 바람 느낌 말고 그 기억은 없다.

　간절기는 뭔가를 기대하게 하고, 변화를 꿈꾸고, 그래서 생각이 많아지는 시기다. 생각해 보면,

생각이 많아지면서 활동도 많아진다. 옷을 사고, 옷장을 정리하고, 집 청소를 하고, 서점에 가고, 운동을 시작하기도 한다. 이런 것 말고 간절기가 좋은 건 개인적인 성격 탓도 있는 것 같다. 아주 춥거나 아주 덥거나, 날씨 말고 어떤 상황이 아주 춥거나 아주 덥거나 극단으로 가는 걸 힘겨워한다. 자꾸 중간에 어느 지점에서 타협점을 찾으려 하고, 가성비나 가심비나 하는 것들을 동원해 합리적이라고 생각하는 결론을 내놓아야 마음이 편하다. 혹자는 타협과 공감이라 하고, 혹자는 줏대 없거나 우유부단한 거라고 한다.

산이 앞에 있고, 꽃과 나무를 가꾸는 '그레이집'으로 이사 온 후로는 간절기가 더 간절해졌다. 산의 색과 빛이 변하기 시작하면 산책이 잦아지고, 산책을 하다 보면 사색이 깊어진다. 사색은 지식의 밑천이 달리는 나에겐 각종 비타민에 마늘과 감초까지 들어간 링거주사다. 꽃과 나무를 위해 할 일도 많아진다. 그러면 에너지를 쏟고, 또 에너지를 얻는다. 간절기의 삶은 풍성해진다.

그런데 몇 해 전부터인가 가장 좋아하는 간

절기가 달라졌다. 20대의 기억을 더듬으면 여름과 가을이 만나는 지점이었는데 이젠 명확하게 겨울과 봄 사이, 요즘이다. 왜 그럴까? 먼저 겨울을 벗어나고 싶은 본능때문이다. 솔직히 요즘 겨울엔 몸이 움츠러드는 걸 체감한다. 가장 신경 쓰이는 건 위의 활동량이다. 체하는 횟수가 늘어나고, 그러면 그 위를 위해서 음식 섭취를 줄여야 한다. 그러면 몸의 에너지도, 일의 집중력도 떨어진다. 주변에 마음을 더 쓸 여유도 줄어든다. 최근에 산책을 하며 사색에 잠겨 얻은 결론도 있다.

'인생의 반환점을 돈다는 건, 저 앞에 보이는 북한산 정상에서 이제 내려오기 시작했다는 것이지.'

내가 하산을 시작했다는 것을 깨닫게 되면서 삶과 생명을 더 귀하게 여기게 된 것 같다. 그래서 생명이 움트는 봄이 더 기다려지는 거다.

난 가끔

　　　하늘을

　　　　　'날으다'*

　　딸이 일곱 살이었던가, 갑자기 하늘을 날고
싶다며 날개를 만들어 달라고 했다. 적당히 두께가
있는 흰 도화지를 반으로 접어 날개를 그리고, 적당
히 예쁘게 색을 칠했다. 좌우 시력 1.5를 자랑하는 두
눈을 부릅떠서 날렵하게 가위질을 하고, 구멍을 뚫어
어깨끈까지 만들었더니, 일곱 살 아이가 보기에 꽤
괜찮은 날개가 완성됐다. 딸은 날개를 달고 침대에
올라가 나름 경쾌한 날갯짓으로 바닥에 내려오기를
두어 번 반복했다. 마침 그때 앞니가 두어 개 빠져있

* 가요 <제비꽃> 가사 중에 '-날고'를 '-날으고'로 표현한 시적 허용을
　차용했다.

101

었는데, 마치 파일럿이 멋진 시험비행을 마치고 지을 법한 뿌듯한 웃음을 지었던 것 같다.

'하늘을 날아보는 건 어떤 기분일까?' 이런 질문과 의문은 꽤 근원적이고 보편적이다. 마치 '내가 죽으면 어디로 가는가?'처럼 말이다. 물론 100여 년 전, 우리 딸보다 호기심이 훨씬 왕성했던 라이트 형제들 덕에 우리는 하늘에서의 자유를 얻었다. 또 패러글라이딩으로 더 짜릿한 경험을 할 수 있지만, 비행기는 나의 몸이 온전히 나는 게 아니고, 패러글라이딩은 솔직히 무섭다.

그래서 난 가끔 등산을 한다. 다리 힘을 기르고, 폐활량을 늘리고, 경치를 즐기고, 성취감도 느끼고, 동료들과 우정도 쌓고 등등 등산엔 많은 장점이 있지만, 내가 산을 찾는 목적 가운데 정말 중요한 하나는 잠시나마 삶의 근원적이고 보편적인 질문에 답을 찾기 위해서다. 가본 산이라고 해봐야 집 앞에 북한산 봉우리 몇 개가 전부지만, 그 몇 개의 코스 중에 5년 전 일곱 살 딸이 내가 만들어준 가짜 날개를 달고 침대에서 내려올 때 느꼈던 기분을 알 것 같은 곳이 있다.

천년고찰이라 알려진 진관사 입구에서 왼쪽으로 조그맣게 난 등산로를 따라 한 시간 남짓 쉬엄쉬엄 가다 보면 응봉이 나온다. 해발 333미터, 안내판도 없을 만큼 별 특별함이 없는 봉우리인데 응봉에서 잠시 숨을 고른 후, 잠시 오솔길을 지나면 하늘이 열리고 하늘을 지나는 길이 열린다. 이미 많은 등산객들에 사랑을 받고있는 사모바위로 가는 능선이다. 길이는 10여 미터, 좌우로 보면 낭떠러지지만 길의 폭이 웬만한 겁쟁이도 스멀스멀 피어오르는 공포심을 참을 만큼 적당하다. 응봉이 밑에서 보면 매의 머리를 닮았다 해서 매 응鷹을 썼다 하지만, 난 매의 눈으로 하늘 아래를 살필 수 있는 곳이라 읽는다. 그렇게 나는 하늘을 나는, 나를 찾으러 가끔 산에 오른다. 하산하면서는 애정하는 장필순 님의 <제비꽃>을 듣는다.

내가 처음 너를 만났을 때 너는 작은 소녀였고, … 너는 웃으며 내게 말했지 아주 멀리 새처럼 날으고 싶어.

딸아, 아빠도 가끔 '날으고' 싶어.

3월의
　　어느 주말

　　　모처럼 미세먼지가 걷힌 주말 낮, 따뜻한 봄
바람이 불던 날이었다. 아내와 딸은 외출하고 아들과
둘이 남았던 날이다. 4~6세 아들을 둔 아빠들은 다
안다. 뭐라도 해야 한다. 일단 캠핑 의자 두 개를 꺼
내 집 앞에 나란히 앉았다. 스마트폰에서 적당한 음
악도 틀었다.

"좋지?"
"응, 좋아. 오늘이랑 어울려."

과자도 꺼내와 나눠 먹었다. 아들이 엄마와 누나 건
남겨 놓으란다. 킥보드도 탔다. 속도 조절은 필수, 아
들과 킥보드를 탈 때는 초반엔 내가 조금 이기다가
결국 간발의 차이로 져야 한다. 그리고 살짝 억울한
표정으로 승리를 축하해줘야 한다. 항상 같은 레퍼토

리라 눈치챌까 살짝 걱정도 되지만 동심을 시험하진
않았다.

  얼굴에 스치는 공기가 정겹고 반가웠다. 아
들도 환하게 웃었다. 봄바람이 반가운 건 나무도 마
찬가지인 것 같다. 울타리에 촘촘히 심어놓은 회양목
은 얼마 전까지 벌겋게 변해 있었는데 어느새 제 색
깔을 찾았다. 벚나무와 자두나무엔 딱딱한 껍질을 뚫
고 새순이 돋았다. 가장 놀라운 건 현관 앞에 자리한
황금측백나무다. 출근길에도 절반은 황금색이었는데
하루 새에 전체가 '초록초록'했다.
  나무를 보며 잠시 쉬고 있는데, 아들이 힘들
었는지 킥보드에서 내렸다. 눈에 햇볕이 닿으니 살짝
눈을 감으며 웃었다. 나에겐 가장 푸릇한 나무였다.

바람아,
고마워

자연과 가까이 살면서 햇빛, 바람, 눈 같은 것에 관심
이 커졌다. 이번엔 바람 얘기다. 바람의 세기를 피부
로 느끼고, 계절 따라 바람의 냄새가 다름도 알게 됐
다. 특히 봄이 시작될 때 산에서 내려오는 바람은 참
따뜻하고 향긋하다.

꽃 피어 봄, 마음 이리 설레니,
아, 이 젊음을 어찌할까?

여러 책에 소개되고 일간지 칼럼에도 인용됐던 옛 시
다. 신라의 여승 설요는 스물한 살에 이 시 한 편을

남기고 절을 떠나 세상으로 돌아갔다고 한다. 여유 있는 시간에 아무 생각 없이 봄바람을 맞고 있으면 누구라도 설요의 마음이 될 것이다. 한번 해보시라, 정말 마음이 설렌다.

어느 해 봄날, 네 살 아들과 동네 소아과에 다녀오던 길이었다. 날이 살짝 더워 차창을 내렸는데 마침 따뜻한 봄바람이 살짝 불어왔다.

"바람아, 고마워!"

아들의 혼잣말에 사십대 중반 아저씨의 굳은 얼굴에도 따뜻한 미소가 번졌다.

참을 수 없는 존재의 가려움

　요즘 너무 가렵다. 매일 잠을 못 잘 정도로 가렵다. 이 사회의 가려운 곳을 긁어주는 게 나의 일인데, 사회는커녕 내 몸뚱이도 긁어주지 못하는 참담한 신세다. 가장 가려운 곳이, 도저히 나의 손이 닿지 않는 곳이다. 오른손을 목의 왼쪽으로 향해 꺾어보기도 하고, 왼팔의 겨드랑이 밑으로 넣어보기도 하고, 밑으로 내린 상태에서 팔꿈치를 꺾어 직접 공략해봐도 닿을 수 없다. 다시 왼손을 이용해 위와 같은 세 번의 방법으로 시도해봐도 등 한가운데 가로세로 10센티미터의 '마의 사각지대'는 난공불락難攻不落이다. '내 삶이 무미건조해서, 살도 무미건조해진 건가? 아니면 내가 건성건성 살아서, 건선이 생긴 건가?' 이런 고민 끝에 병원을 찾았다.

　의사가 여러 가능성을 언급하면서 스테로이드가 포함된 연고를 처방해 준다. '역시 마의 사각지대엔 독한 놈이 필요한가 보다.'라고 약국에서 연고를 받아 왔는데, 다시 절망에 빠졌다. 긁지도 못하는 곳에 어떻게 연고를 바른단 말인가! 하지만 궁하면 통한다. 위에서 기술한 여섯 가지의 기본 동작을 시도한 뒤에 놀라운 방법을 찾아냈다. 팔을 밑으로 내린 상태에서 팔꿈치를 위로 꺾는 세 번째 동작의 응용이다. 꺾는 동작에서 손을 180도 돌려 손등을 등에 닿게 해야 한다. 먼저 연고를 가장 긴 세 번째 손가락의 안쪽이 아니라 손톱 위에 바른 뒤에, 어깨에 전해지는 통증을 잠시 참아내며 순간적으로 손을 위로 뻗으면, 마침내 마의 사각지대에 닿을 수 있다.

밤마다 필사적인 노력 끝에 가려움은 잠시 가셨다. 그리고 나는 두 가지를 다짐했다.

첫째, 기자의 본분을 잊지 않고, 사회의 가려운 곳을 긁어주리라.
둘째, 기름진 밥을 먹고, 기름진 삶과 기름진 피부를 가꾸어 가리라.

반려伴侶 식물은
반려反戾하지 않아요

식물은 정직해서 내가 쏟은 정성만큼 나에게 보답한다.

그것이 꽃이든, 열매든, 뿌리든, 그늘이든.

그래서 반려식물은 내 정성을 반려하지 않는다.

아파트가 아닌 주택에 살면서 좋은 점 하나는 '정원이 있는 삶'이다. 동네에서 가장 작은 집 가운데 하나인 그래이집엔 10평 남짓한 작은 마당이 있다. 물론 이 마을엔 100평 땅에 한 집만 있는 게 일반적이고, 몇몇은 200평 땅에 한 가족만 사는 집도 있으니 정원과 마당 크기도 제각각이다. 그리고 이 정원과 마당을 꾸미는 데 천만 원에서, 많게는 3~4천만 원이 넘는 돈을 투자하기도 하는데, 우리는 내일 지구가 망해도 한 그루 사과나무를 심겠다는 절박한 마음으로, 꽃과 나무를 직접 심었다.

우리 집이 보유한 꽃과 나무를 소개하면, 우선 늘 푸르고 크리스마스 때는 트리로 변신하는 주목이 세 그루다. 100일 동안 꽃이 핀다는, 주인을 닮아 수형이 반듯한 배롱나무백일홍가 두 그루, 단 2주 동안의 화려함으로도 존재 이유가 충분한, 그래서 벚꽃

축제를 하기 위해 심은 벚나무가 네 그루, 여름마다 부지런해서 일찍 일어나는 새들에게 천연 비타민을 제공해주는 자두나무가 한 그루, 향을 맡으면 '잊을 수 없는 추억에~' 잠기고 마는 라일락이 두 그루, 봄을 알리는 영산홍이 10주, 영산홍과 비슷하지만 덩치가 조금 더 큰 철쭉이 3주, 하얀 꽃이 튀긴 좁쌀 같아 보인다고 해서 이름 붙여진 조팝나무가 5주, 1년마다 두 배씩 커져서 걱정인 황금측백나무가 세 그루, 그리고 옆집과 경계를 이루는 작은 울타리를 따라 심은 화살나무 30주, 도로와의 경계에 심은 회양목 30주 등이다. 집을 짓고 시간이 있을 때마다 주변 화원에서 사다 심었고, 일부 북한산을 닮아 마음 착한 이웃들에게 받은 것들도 있다.

　　아, 잔디도 두 번이나 직접 깔았다. 잔디에겐 미안하지만 잔디는 '팜므파탈' 같은 존재다. 치명적이고 파멸적이다. 곁에 잘 있어 주면 뿌듯함과 우월감을 주지만, 웬만해선 잘 있어 주지 않는다. 피를 뽑는 절박함으로 피를 뽑아줘야 하고, 목마른 사슴이 물을 찾는 간절함으로 목마를 때에 맞춰 물을 줘야 한다. 더 잘 키우려면 약도 챙겨줘야 한다. 그렇지 않으면 잔디는 떠난다. 죽는다. 하지만 잘 가꿔진 잔디를 보는 건, 절박함과 간절함에서 파생된 심신의 고통을 잊게 하기에 충분하다.

한 평 정도 텃밭에는 지금까지 상추와 깻잎, 고추, 방울토마토, 토마토, 가지, 오이, 배추, 무 등을 재배해서 먹었다. 동네에 어떤 분은 포도나무를 심기도 했다. 나는 그때 그 포도로 와인을 만들어 마시자는, 와인에 흠뻑 취해야만 할 수 있는 농담을 맨정신에 던졌던 것 같다.

'정원이 있는 삶'이란 이런 반려 식물을 심고 가꾸며, 내 몸과 맘도 식물처럼 가꾸는 삶이다. 그 정원에서 쉬고, 놀고, 책을 읽고, 음악을 듣고, 사색하면서 건강해지는 삶이다. 식물은 정직해서 내가 쏟은 정성만큼 나에게 보답한다. 그것이 꽃이든, 열매든, 뿌리든, 그늘이든. 그래서 반려식물은 내 정성을 반려하지 않는다.

가지치기

　2월의 한복판인데 주말 기온이 15도까지 올랐다. 앞마당에 나오니 따뜻하고 달콤한 바람에 뭔가 생명의 기운이 느껴졌다. 겨우내 현관 구석에 무심하게 놓여있던 철쭉 화분에 가장 먼저 눈길이 갔다. 집을 드나들 때마다 햇빛을 못 봐 반쯤 냉동 상태인 것처럼 바짝 움츠려 있던 모습이 내심 안쓰러웠다. 엉거주춤 앉아 꽤 무거운 화분을 몸에 최대한 밀착시키고 다리와 허리의 힘을 십분 활용해 무사히 옮겼다. 오랜만에 물도 흠뻑 주니 미안한 마음이 조금 가셨다. 지난해 내 생일에 옆집 형님이 선물한 극락조도 얼른 거실에서 옮겨와 바깥 현관 양지바른 곳에 앉혔

더니 금새 기분이 좋아진 모양이다. 줄기에 힘이 느껴지고, 잎은 생기가 돌았다.

　　그러고 보니 마당에 심은 나무는 가지치기를 해줘야 할 때다. 먼저 배롱나무부터. 인터넷을 통해 배운 대로, 밑으로 뻗은 가지와 나란히 자란 것 중 못난 것과 엑스자로 엇갈려 자란 것 등을 쳐냈다. 잔가지는 다 잘라내고, 잘 자란 가지도 끝을 쳐줬다. 지난해 열매를 잘 맺지 못한 자두나무에도 한 번 더 기대를 건다. 같은 방법으로 가지를 잘라냈다. 미숙한 실력이지만 그래도 나무가 시원하고 깔끔해졌다.

　　그런데 사실 마음이 독하지 않은 사람에게 가지치기는 참 어려운 작업이다. 가지치기가 나무를 더 건강하게 자라게 해서 꽃도 많이 피고, 열매도 많이 열리게 하기 위함이라는 건 알지만, 왠지 살아있는 가지를 자를 때마다 죄책감이 드는 것도 사실이다. 잘난 놈만 살아남는 약육강식을 조장 내지는 실행하는 것 같기도 하고, 그냥 이 가지 저 가지 다 같이 조금 덜 건강하게 살아도 되지 않을까 하는 미련이 남기도 하고, 순간의 실수로 잘 자란 가지를 잘라

버리는 건 아닌지 자책도 들고.

　　그래서 고백하자면 지난해 벚나무를 가지치기할 때는 용기와 과감함을 얻기 위해 술을 몇 잔 마시고 가위를 들었다가 성한 가지가 처참하게 희생되기도 했다. 이제 어쩌겠는가, 잘려 나간 가지들의 희생이 헛되지 않게 나무를 더 정성껏 보살피고 키우는 수밖에. 그래서 꽃과 열매로 우리 가족과 이웃을 널리 이롭게 하는 수밖에. 다음 주나, 다다음 주 봄이 조금 더 가까이 오면 잘린 나뭇가지들의 넋을 기리며 영양 만점의 계분 비료를 듬뿍 먹여주리라.

봄날의
도리화桃李化

　　우리 집 정원에서 가장 먼저 봄소식을 알리
는 건 오얏나무라고도 불리는 자두나무다. 4년 전 옆
동네 농원에서 8만 원을 주고 사다 심었는데 3월 중
순쯤이면 하얀 꽃을 환하게 터뜨린다. 자두까지 잘
열린다면 더할 나위 없겠지만 첫해를 제외하고 자두
맛을 본 적은 없다. 대부분 과실나무가 그렇듯 열매
가 맺히면 충해를 막기 위해 농약을 뿌려줘야 하는
데, 다 영글기 전에 바닥에 떨어지는 게 절반이고, 남
은 것들은 그냥 운 좋은 벌레들에 양보하기로 했다.
그래도 한 달 이상 볼 수 있는 하얀 꽃에다, 가끔 코
를 갖다 대면 어릴 적 맡았던 아카시아꽃과 비슷한

119

달콤한 향을 선물한다.

그런 자두나무에 올해는 라이벌이 생겼다. 작년 가을 어느 날, 뭔가 헛헛한 마음에 집 근처 농원에 들러 밖에서 겨울을 날 수 있고, 꽃을 오랫동안 볼 수 있는 작은 나무를 추천받아 2만 원을 주고 가져온 남경도화나무가 주인공이다. 이 친구의 다른 이름은 꽃복숭아나무. 겨울에 길고 곧게 뻗은 잎이 다 떨어지고 앙상한 가지만 남아 걱정했는데, 자두꽃이 필 무렵 빨간 꽃망울을 힘차게 터뜨렸다. 아직 50센티미터 정도밖에 되지 않는 작은 키에도 화려하고 당당하게 꽃이 달린 모습이 자존심 있어 보여 좋다. 꽃말이 '사랑의 노예', '유혹'인데, 내 나이 불혹을 지난 지 한참인 줄 모르고 출근할 때마다 날 유혹한다.

요즘은 '봄의 여왕' 벚꽃에 많이 밀리지만, 자두꽃과 복숭아꽃으로 말할 것 같으면 예전에는 봄을 상징하는 대표주자였다. 중국에서 가장 오래된 시집인 《시경》에는 '주나라에선 매화와 오얏을 꽃나무의 으뜸으로 쳤다.'는 구절이 나온다. 두보와 함께 중국 최고의 고전 시인으로 꼽히는 이태백은 어느 봄날

밤 형제 친지들과 복숭아꽃, 자두꽃이 만발한 정원에서 시를 짓고 놀았던 감상을 적어 '춘야연도리원서春夜宴挑李園序'를 남겼다. 조선 말기 신재효가 지은 단가短歌, 판소리 전에 부르는 짧은 노래에 '도리화가桃李花歌'란 노래가 있는데 예쁜 꽃을 상징한 복숭아꽃과 자두꽃에 비유해 제자 채선을 묘사했다. 당시 신재효의 나이 59살에 채선은 24살. 이 이야기는 몇 년 전 영화로도 만들어졌고, 채선 역은 '국민 첫사랑' 수지가 맡았다.

우리 집에서 자두나무가 의미 있는 건, 성 씨 때문이기도 하다. 우리 가족 넷 가운데 세 명이 '오얏 리李'씨다. 아이들에게 얘기해줬더니 동질감을 느끼는지 괜히 자두나무를 좋아한다. 그리고 역시 오얏 리李로 시작하는 하나밖에 없는 제수씨 이름이 '남경도화'와 같은 '남경'이다.

복숭아꽃, 자두꽃이 활짝 핀 요즘, 저녁을 일찍 먹고 집 앞을 나오면 1300년 전 당나라의 이태백이 된 기분이다. 그때 춘야연도리원春夜宴挑李園에선 시를 짓지 못하면 벌주를 줬다고 하는데, 수지와 함께라면, 아니 그저 도리화桃李花와 함께라면 그런 벌주쯤이야 몇 잔이라도 받아마실 것 같다.

'두근두근' …
　　　　　　구근

　　올해는 처음으로 작은 마당 구석에 구근을 심었다. 튤립이나 칸나, 히아신스 등 양파같이 생긴 뿌리에 영양분을 저장하고 있는 식물들이다. 가을에 심어서 겨울을 지내는 것도 있는데, 하나같이 꽃 색깔이 진하고 화려한 게 특징이다. 흙을 조금 파낸 자리에 구근을 넣고, 흙을 덮고 물을 주면 작업은 끝난다. 심고서 약 2주 정도 있으면 싹이 올라온다고 하길래 열흘이 지났을 때부터 출퇴근할 때마다 구근 심은 곳을 살피는 게 습관이 됐다. '오늘은 올라올까?', '왜 아직 없지?', '아, 내가 거꾸로 심었나?'

　　기다림은 그리 오래가지 않았다. 새끼손가락

두 마디 정도의 갈색 줄기가 출근길에 나를 맞이했
다.

"안녕하세요? 저를 기다리셨군요. 반가워요!"

마치 이렇게 반갑게 인사라도 하듯.

"그래, 나도 많이 반가워. 너를 보게 돼서 정말 다행이
야!"

나도 이렇게 인사했다. 그리고 며칠 지나지 않아 다
른 친구들도 하나둘 무거운 흙을 뚫고 중력을 이겨내
연갈색, 또는 연두색 머리를 하늘을 향해 힘차게 내
밀었다.

'이제 곧 있으면 빨갛게, 노랗게, 주황이나 보랏빛으로
내 출퇴근 길을 맞아주겠지?'

나이를 먹는다는 건 삶에서 그만큼 설렘이 사라지는
거다. 중년의 남성들이여, 두근두근 '설렘'을 되찾고

싶다면 작은 화분에라도 구근을 심자. 그리고 화려한
꽃을 기다리자.

잡초 뽑기

그래이집에서 나는 10평 남짓한 잔디밭을 가꾼다. 드라마 속 송혜교나 김태리처럼 그저 바라보거나 상상만으로도 참 좋은 대상이다. 잔디밭, 송혜교, 김태리 모두 존재만으로 낭만적이지 않나? 그런데 부지런하지 않다는 집안의 평가를 받는 나에겐 잔디밭을 가꾸는 건 참 고된 일이기도 하다. 일단 물을 주는 건 고됨과 힐링의 정도가 비슷하다. 초록색이 눈에 좋다는 것 때문인지, 잔디에 물을 주는 건 마음의 안정제 역할을 한다. 여름철 쑥쑥 자라는 잔디를 깎는 것도 그런대로 재미가 있다. 부가적으로 테니스 치는 데 도움이 되는 손목과 팔뚝의 근력 향상에도 도움이 된다.

가장 문제는 잡초 뽑기다. 물을 주거나 깎는 일과 비교해서 일단 '폼'이 안 난다. 허리도 많이 아프다. 열심히 뽑았는데 다음날 나와보면 표가 나지 않는다는 건 정말 치명적이다. '약속대로 뽑았냐, 안 뽑았냐?'의 주제로 아내와 논쟁거리가 되기도 한다. 하지만 잡초를 뽑아주지 않으면 잔디가 잘 자랄 수 없으니 누군가는 해야 하고, 우리 집 당번은 나다.

풀에도 여러 종이 있는데 그저 이름 모를 잡초로 불리기엔 억울한 것도 있다. 대표주자는 민들레. 노란색 꽃도 예쁘고, 홀씨는 아이들의 장난감도 된다. 냉증 개선과 해독에 효과가 있어 한약제로도 쓰이는 귀한 식물인데 잔디밭에선 찬밥 신세다. 뿌리를 워낙 깊이 내려 뿌리까지 완벽하게 뽑아내기란 여간 어려운 일이 아니다. 꽃말까지 '행복'이라 잔디밭에서 민들레를 제거할 땐 '내가 행복을 뿌리채 뽑는 건가'라는 자괴감이 들기도 한다.

또 가끔 잡초를 뽑을 땐 평소엔 잘 작동하지 않는 연민과 인류애 같은 게 마음을 괴롭힌다. 식물에도 '살아있다'라는 표현을 쓰는데 '굳이 내가 송혜교와 김태리를 흐뭇한 미소와 함께 바라보는 정도의 낭만을 느끼기 위해 죄 없는 얘네를 이렇게 없애야 하나?' 이런 마음 말이다. 그래서 오늘은 유독 슬퍼 보이는 잡초 몇 개를 그냥 남겨 놓았다.

잔디

　　뒤엎기

　　　　코끼리를 냉장고에 넣는 방법 3단계가 있다.

냉장고 문을 연다.
코끼리를 냉장고에 넣는다.
냉장고 문을 닫는다.
끝.

이런 황당한 유머가 있다.
　　　　마당에 잔디가 해마다 중년 남성 머리숱 빠
지듯 조금씩 줄었다. 5년이 지나니 듬성듬성 마당의
절반 정도가 맨흙이다. 나름 물도 잘 주고, 성장이 빠른 여름엔 이발도 열심히 해줬는데 일조량이 부족하니 건강을 잃어갔나 보다. 어찌할까 고민을 하다가 오후부터 비가 예보된 일요일 오전에 새벽 골프 나갈 때처럼 급한 마음으로 주변 농원에 나갔다. 가로 60센티미터 세로 40센티미터의 판잔디를 80장 사왔다.

그리고 혼자 한 생각. 듬성듬성 잔디가 깔린 정원에 새 잔디를 다시 까는 방법 3단계다.

마당을 고무래로 다진다.
그 위에 판잔디를 줄 맞춰 깐다.
중간중간 흙을 뿌리고 물을 충분히 준다.
끝.

잔디를 새로 심으면 충분히 물을 줘야 하는데, 오전에 일을 마치고 오후에 비가 흠뻑 내려준다는 가정하에 이날은 잔디 뒤엎기에 완벽한 조건이었다. 그런데 냉장고에 코끼리를 넣는 3단계 정도로 쉽게 생각한 건, 완벽한 오산이었다. 아무리 듬성듬성해도 엄연히 뿌리가 살아있는 잔디 위에 그냥 새 판잔디를 올리면 밑에 있는 잔디가 썩어서 위에 새로 깐 잔디도 결국

129

사망한다는 전문가의 의견을 듣고, 내 신세가 새 잔디 밑에 깔린 썩은 잔디 꼴이 돼버렸다.

결국 오후에 비가 예보된 일요일 오전 내가 해야만 하는 일은 기구했다.

마당 전체의 흙을 잔디 뿌리가 있는 곳까지 삽으로 떠낸다. 그것도 아주 얇고 평평하게 퍼낸 흙을 마당 구석에 옮겨놓는다. 떠낸 잔디 중에서 쓸 만한 건 뿌리채 잠시 보관한다. 고무래로 마당 전체의 수평을 맞춘다. 새로 사온 판잔디 80장을 줄 맞춰 깐다. 뿌리채 잠시 보관했던 잔디는 마당 구석구석에 다시 심는다. 흙으로 마당 전체의 수평을 다시 맞춘다.

철저하게 공부하지 않고, 종합적으로 판단하지 않은 나의 '삽질' 때문에 흙을 뜨는 나의 삽질은 정말 처절했고, 하염없이 주룩주룩 내리는 비는 처절한 나의 삽질에 연민을 더했다. 평소 대화를 잘 나누지 않았던, 무심코 우리 집 앞을 지나던 동네 주민들로부터 "비도 오는데 뭐 하는 거냐?", "사람을 불러서 하는 게 좋지 않겠냐?", "그러다 감기 걸린다." 등등의 잔소리를 들으면서도 난 꿋꿋하게, 마치 오늘 이 일을 끝내지 않으면 큰일이라도 나는 사람처럼, 내일 지구의 종말이 오는 걸 알고도 사과나무를 심는 '정신 나간' 사람의 마음으로 잔디 깔기에 집중했다.

마라톤에서 30~35킬로미터 지점이 가장 힘든 것처럼 7할 정도 일이 진행된 오후 세 시쯤엔 정말 포기하고 싶었다. 꿋꿋하게 버티던 나의 허리는 어느새 꼿꼿하게 펼 수 없을 지경이었다. 물기를 머금어 무거워진 흙을 뜬 삽은, 최근에 턱걸이와 팔굽혀펴기로 이두와 삼두박근을 강화한 내 두 팔의 힘을 합쳐도 들기조차 버거웠다. 그래도 왠지 모를 책임감이 솟아났다. '빚내서 지은 집, 빚내며 살자.'고 다짐하며 5년 전, 거름 한 번 준 적 없었던 마른 땅 위에 처음 잔디를 심었던 초심도 다시 떠올렸다. 생뚱맞긴 하지만 고등학교 1학년 때 폭우가 쏟아지던 어느 주말 오후, 옆 반과 10만 원 내기 축구 시합을 하던 청춘의 추억도 갑자기 생각나 잠시 흐뭇했다. 그렇게 울어가며 웃어가며, 비 맞아가며 아침 일찍 시작한 잔디 뒤엎기 작업은 저녁이 다 돼서 끝이 났다.

흙투성이가 된 겉옷을 벗어 대야에 담그고, 그 겉옷과 다를 바 없었던 내 몸도 욕조에 폭 담갔다. 그리고 근육통에 특효가 있는 동전 파스를 바둑알 놓듯 20개 정도 등과 허리에 붙였다. 1주일이 지나도 통증은 가시지 않았지만 그래도 다시 잔디가 빼곡하게 깔린 마당을 볼 때마다 묘한 성취감을 느꼈다. 현대 디자인의 아버지로 불린다는 영국의 윌리엄 모리스가 산업혁명을 비판하며 주창했던 '노동의 미학'이나 '노동의 희열'까지는 잘 모르겠지만 5월 말쯤 잔디가 푸릇푸릇하게 다 올라왔을 때, 저 위에서 푸릇푸릇한 웃음을 지을 아이들을 생각하며, 하필 궂은날이어서 더 기억에 남을 나의 '삽질'에 경의를 표하련다.

향수

1. 난 체취가 강한 편이다. 무엇 때문인지 아직 과학적으로 밝혀지진 않았지만 독특한 향이 있긴 하다. 아주 기분 나쁜 향은 아니지만, 그렇다고 기분을 좋게 하는 것도 아닌, 살짝 땀 냄새와 풀 냄새가 섞인 그 무엇이다. 내 체취를 경험한 지인들의 냉정한 느낌과 평가를 종합해 보면 솔직히 향보다는 냄새라는 단어가 더 어울린다고 봐야 할 것 같다.

그런데 반갑게도 열 살 딸이 이 독특한 냄새를 좋아한다. 아침에 조금 일찍 일어나 출근 준비를 하는 나를 보면 달려와서 작고 귀여운 콧구멍을 킁킁거리며 흐뭇한 미소를 짓는다. 어떤 날은 중독이 아닐까 싶은 게, 운동을 마치고 풀 냄새가 사라진 오직 땀 냄새만 100퍼센트 남은 상태에서도 진정 내 체취에 감동한다. 그리고 얼마 전 아이가 무심코 던진 말,

"아빠 냄새를 향수로 만들었으면 좋겠어."

독특한 취향일까? 지독한 사랑일까? 아니면 정말 내 체취가 대중적인 건 아닐까?

2. 가끔 주말에 운동을 마치고 풀 냄새가 사라진 '순수 땀 냄새'를 풍기며 집에 돌아오면 곧장 마당으로 향한다. 딸은 참 좋아하지만 아내는 절대 좋아하지 않는 나의 '순수 땀 냄새' 때문이다. 그래서 텃밭과 나무에 퇴비를 주고, 잡초도 뽑고, 울타리 밑에 낀 이끼도 열심히 제거한다.

작은 정원이지만 그곳은 언제나 나의 따뜻한 손길이 필요해 보인다. 땀 냄새 따윈 문제 될 게 없다. 손톱에 검정 흙이 끼고 허리는 아프지만, 마당에서 이렇게 시간을 보내는 게 언제부터인가 '킬링 타임killing time'이 아니라 '힐링 타임healing time'으로 다가

온다.

　　꽃과 나무가 있는 정원에 머물면 일반적으로
즐거운 건 눈이다. 초록은 편안하고, 울긋불긋한 꽃
을 보면 설렌다. 눈은 진보적이라 새로운 것에 끌린
다지만 하루하루 조금씩 달라지는, 때로는 햇빛에 따
라 색을 달리하는 꽃과 나무와 풀은 한결같지만 새롭
다. 매력적인 감정은 향에서도 온다.

　　향긋한 꽃내음과 싱그러운 풀 향이 기본이라
면 덤은 흙냄새가 아닐까 싶다. 마치 블렌딩이 잘된,
판매가 10만 원대의 괜찮은 와인처럼 꽃과 풀, 과일
과 초콜릿 향이 어지럽게 섞인 게 바로 흙냄새다. 내
땀 냄새를 유독 좋아하는 딸이 마당에서 힐링하고 있
는 내게 다가왔다.

"아빠, 흙냄새 정말 좋다."

흙냄새 때문에 딸과 마음이 닿았다.

배추 한 포기, 설렘 한 포기

곱게 다듬은 흙에 살짝 모종을 심으면
얼마 지나지 않아 쑥쑥 줄기가 자라고
잎이 커진다.
땅속 미생물에 물과 햇볕만 거들었을 뿐인데,
식물이 묵묵히 자라는 걸 보는 건
굉장히 신비로운 경험이다.
눈에 보이지 않는 뿌리가 자라는 건,
매일매일 자라는 걸 볼 수 없기에
더 큰 설렘과 감동을 주기도 한다.
오늘 무와 배추, 상추와 치커리, 샐러리를 심었다.

"건조한 삶에 설렘과 감동이 필요하다면,
심으세요.
마음이 촉촉해집니다."

참 좋은 계절

반바지를 입어도 긴바지를 입어도 좋다. 적당한 온도. 2~3 분에 한 번씩 살결에 살짝 느껴질 만큼 부는 바람이 살짝 더워진 공기를 식힌다. 풀과 나무는 온통 초록이다. 떨어진 거리에 따라 조금 짙은 초록, 조금 옅은 초록의 차이일 뿐. 제 색깔을 원숙하게 찾아서 바라보기 편안하다.

4월의 꽃은 지고, 5월 6월의 꽃이 피었다. 앞집 울타리엔 장미. 그것도 사랑스러운 핑크다. 노랑, 주황 나리꽃은 어제 비가 그치고 반갑게 얼굴을 내밀었다. 꽃잔디 종류인 것 같은데 넓은 화분에 담긴 보라색 꽃도 매혹적이다. 대략 10분에 한 번씩 산에서 내려오는 바람엔 그 초록과 울긋불긋함을 담은 향이 실려 내 코에 담긴다. 내가 20대였던 90년대 감성의 잔나비 노래가 낮게 깔려 퍼지다 다시 바람에 실려 산을 오른다. 다음 선곡은 제이래빗의 <바람이 불어오는 곳>. 바람도, 노래도 오고 가고, 조화롭다.

모기가 날지만 아직 힘이 없어 치명적이지 않다. 책장에서 슬쩍 꺼내 잡은 김훈 님의 새 산문에 피식 웃음이 샌다. 역시 자연과 사람을 진솔하고 정겹게 노래한다. 참 좋은 계절이다.

서재가
로망이시죠?

나에게 독서의 자극이 돼준 건 그레이집이다.
일단 서재가 생겼다.
또 마음의 평안을 가져다주는 작은 정원이 있다.
나는 그곳에서 드넓은 글의 세계와 마주한다.
공간이 라이프스타일에 끼치는 영향은 그만큼 위대한 거다.

집을 지을 때 아내에게 요구했던 두 가지는 '작더라도' 서재를 하나 갖고 싶다는 것과 북한산이 보이는 쪽에 큰 욕조를 놓아달라는 것이었다. 그렇게 해서 이 글을 쓰고 있는 '정말 작은' 서재가 2층 구석에 자리했다. 집을 지을 당시엔 서재의 필요성이 절실하진 않았다. 2012년에 읽은 김정운 님의 『남자의 물건』, 2013년에 읽은 조우석 님의 『남자는 서재에서 딴짓한다』가 나에게 어렴풋한 서재의 로망을 심어준 것 같다. 그래도 그렇게 당당하게 요구해서 얻어낸 건 잘한 일이다. 사실 크지 않은 공간에 서재까지 채우려니 2층은 방과 화장실을 빼면, 방과 화장실로 가는 복도 정도만 있을 뿐인데, 늘 공간의 구성이 아쉽지만 내 마음의 공간 구성도 중요하니까.

대학 시절부터 책을 많이 읽는 사람들을 동경했던 것 같다. 군대에 갔다 온 P선배의 자취방엔 벽

면의 3면이 책장이었고, 듣도 보도 못한 책들이 가득
했다. 요즘도 가끔 만나는 S건설사의 L선배도, 바쁜
취업 준비를 하는 중에도 꽤 많은 책을 읽었던 걸로
기억한다. 나의 입사 동기이자 네 살이 많은 서봉국
기자는 수습기자 시절에도 꼭 나와 함께 교보문고에
가서 한 달에 서너 권의 책을 사서 읽었다. 그 형들은
하나같이 지적으로 보였고, 나는 그 형들처럼 지적으
로 보이고 싶어했던 것 같다. 하지만 나의 독서량은
그들의 절반의 절반에도 미치지 못했다. 보는 책도
편식이 심하고, 책을 읽는 속도도 많이 느린 편이다.
요즘엔 잘해야 한 달에 한 권 정도 책을 읽는다. 하지
만 이 정도면 나에겐 엄청난 독서량이다. 그들은 대
단한 형들이다.

  그 형들만큼 나에게 독서의 자극이 돼준 건
그래이집이다. 일단 서재가 생겼고, 집을 지을 때 그

나마 가장 신경 쓴 '다이닝 룸'이 1층에 있다. 또 마음의 평안을 가져다주는 작은 정원이 있다. 나는 그곳에서 드넓은 글의 세계와 마주한다. 공간이 라이프스타일에 끼치는 영향은 그만큼 위대한 거다.

내 생각엔, 책을 읽는 것과 글을 쓰는 건 서로 충분한 영향을 주고받지만, 절대적인 관계는 아닌 것 같다. 아무리 다독을 해도 글에는 영 소질이 없는 사람이 있고, 글을 잘 쓴다고 모두가 책을 많이 읽은 건 아니다. 하지만 머릿속의 생각이 정리돼서 글로 나오는 것이고, 그 머릿속에 무언가를 넣어주는 가장 좋은 수단이 책이라는 점에서 '읽는 책'과 '쓰는 글'은 결국 함께 뫼비우스띠를 이룬다. 이 뫼비우스띠에 대하여 북한산을 산책하며 깨달은 지점이 있다면, '생각'이다. 책과 글의 중간 어디쯤에 '생각'이 자리 잡으면 그 상호작용이 배가 되는 것 같다. 그래서 읽고 생각하고 쓰거나 말하는 걸 반복하는 게 지식인이 되는, 또는 지적으로 보이는 가장 보편적이고 빠른 길이 아닐까 '생각'한다.

결론적으로 주변을 걸으며 생각하기 좋은 북한산 자락에 책 읽을 공간을 많이 둔 집을 지으면, 꽤 근사한 지식인이 되는 것인가?

공감의 말,
위로의 글

       기사 쓰고 말하는 걸 업으로 25년째 살고 있다 보니 말과 글은 늘 나의 관심사다. 내 기준으로 요즘 제일 말을 잘하는 사람은 작사가 김이나다. <싱어게인3>에서 그녀의 심사평은 피스 천 개짜리가 빈틈없이 맞물린 것 만큼 적확했다. 노래를 듣고 딱 느끼는 감정을 적절한 비유를 섞어 줄줄 쏟아내는데, 때론 노래보다 더 감동이었다. 개성 넘치는 저음의 참가자가 2라운드에서 안정된 보컬과 듀엣으로 노래를 부르고 나왔는데, "혼자 부를 땐 불안함과 아름다움을 왔다 갔다 했는데 오늘은 너무 단단한 바위 위에 핀 꽃 같았다."는 심사평에서는 이선희의 <그중에 그

대를 만나>, 박효신의 <숨>, 아이유의 <나만 몰랐던 이야기>가 그냥 나온 게 아니라는 생각이 들었다.

꼭 아름다운 언어로 곱게 포장한 말만 감동을 주는 건 아니다. 한국시리즈 3차전 9회 투아웃에 역전 쓰리런홈런의 드라마를 쓰며 29년만에 LG의 우승을 이끈 오지환은 최근 우리 방송에 나와 이렇게 말했다.

"힘든 순간이 저한테도 많았고, 그리고 포기하고 싶은 순간도 많았어요. 정말 긍정적으로 생각하고 내가 하는 일에 있어서 최선을 다하다 보면 그 끝은 우리가 상상하지 못하는 큰일이 좋은 결과로 올 수 있기 때문에 항상 긍정적인 사고방식을 가져야 합니다."

평범한 말이었지만 그의 서사가 담겨 있고 진심이 묻어 있어 내겐 묵직한 울림이 있었다.

EPL에서 돌풍을 일으키고 있는 토트넘의 포스테코글루 감독은 뛰어난 말솜씨로 선수들의 마음

을 하나로 모은다. 내로라하는 감독들이 쓴맛을 맛보
고 물러난 토트넘의 지휘봉을 잡고 하는 말이 이런
식이다.

"스스로를 제한하는 장애물을 정할 필요가 없다. 천장
도, 바닥도 없는 것이다."

김이나의 세련된 비유도 있고, 오지환의 진심도 느껴
진다. 토트넘 돌풍의 주역 매디슨은 최근 인터뷰에서
이렇게 얘기했다.

"포스테코글루 감독이 우리 삶과 가족 등을 축구와 연관
지어 경기 전에 하는 얘기를 들으면 우리는 그를 위해
경기장에서 열심히 뛸 수밖에 없다. 그는 타고난 연설가
다."

오늘 마지막 책장을 넘긴 장일호 기자의 책
『슬픔의 방문』은 충격이었고 감동이었다. '아버지는
자살했다.'로 시작한 솔직함에서 바로 끌려버렸고,
자신의 상황과 문제를 꿰뚫어 보는 예리하고 유려한

표현엔, 같은 기자로서 그저 샘이 났다. '얇디얇은 벽을 타고 무람없이 공유되는 소리야말로 가난의 맨얼굴이었다.'에서 내 유년시절이 그림처럼 떠올랐고, '속마음을 줄줄 흘리면서 통찰이니 분석적 사고니 하는 것들을 비웃어 주는 사람들 틈에 앉아 있는 게 좋았다. 나는 술을 마시고 그런 사람이 되는 게 좋았다.'에서 현실의 위로를 받았다. 그저 여러 문장에 밑줄을 치는 걸로 그녀에게 존경을 표했다. 나의 말과 나의 글이 누군가에 한 줌 공감과 위로가 된다면 나도 그저 하루를 살 힘을 얻을 것 같다.

몰락의 시간
&
일어설 시간

　　햇수로 2년을 감기로 앓았다. 12월 31일부터 1월1일까지 몸살과 오한과 두통과 인후통에 침대에서 뜻깊고 잠깊은 연말연시를 보냈다. 약해진 면역력을 한탄하며 송년주도, 신년주도 마시지 못했다. 약속했던 북한산 일출맞이도 함께하지 못했다. 이맘때 핑계삼아 하던 안부 전화도 돌리지 못했다. 필살기 반신욕이 통했는지, 아직 젊어서인지 모르겠지만 그래도 현재는 한결 나아졌다. 왜 하필 만 50의 새해에 감기 바이러스를 온몸으로 맞이했을까, 이불 속에서 곱씹었지만 확대 해석은 하지 않았다.

    12월 26일, 화제의 신간 『몰락의 시간』을 낸 후배와 단 둘이 2023년 마지막 공식 송년회를 했다. 자주는 아니었지만 볼 때마다 예의바르고 듬직했던 후배였다. 『몰락의 시간』의 파장은 컸다. 이미 여러 언론사에서 저자의 인터뷰가 다양한 관점에서 전파를 탔고, 지면을 채웠다. 이 몰락한 정치인의 이야기는 이 후배만이 쓸 수 있었기 때문이다. 책 내용은 기대 이상이었다. 누구의 잘못에만 방점을 찍지 않았다. 결국 정치를 하고 있고 정치인이 되려는 사람들에게 '이것을 경계하세요. 제대로 정치하려면 이렇게 노력해야 해요.'라고 정치의 민낯을 보여주는 데 애를 썼다. 수많은 글을 만지고 다듬은 솜씨도 묻어나 읽기에도 편한 책이었다. 글을 보며 후배가 겪은 시간이 아프게 와닿았다.

'꽤 오래 앓았구나. 정말 2년 동안 심한 독감에 걸려 침대 속에서 바이러스와 싸우고 있었구나. 그러고도 생색 한번 내지 않았구나.'

『몰락의 시간』이 후배에게 '다시 일어설 시간'이 되

어주길 희망한다. 그리고 충분히 그럴 수 있을 거라
생각한다.

'정초부터 감기라니, 그렇지만 금새 나았으니….'

확대 해석은 않겠지만 나에게, 혹시 여러분들에게도
다시 일어설 시간이 오길 소망한다.

홍이삭과
비언어적 메시지*

　　단언컨대 <싱어게인3> 우승자는 58호 홍이
삭이다. 그렇게 생각하는 이유는 그의 비언어적 메시
지 때문이다. 최소 'top10'에 오른 참가자들의 노래
실력은 거의 차이가 없다. 청중의 입장에선 지금 먹
고 싶은 게 단팥빵인지 크림빵인지 도넛인지 조각케
이크인지, 오늘의 기분과 기호 차이만 있을 뿐이다.

　　노래를 언어적 메시지와 비언어적 메시지로
구분하긴 힘들지만, 적어도 가사에 어울리는 표정과
손짓, 발짓, 시선, 턱의 각도, 기타를 치는 자세와 호

---

* 이 글은 <싱어게인3>의 최종 우승자가 발표되기 전, 저자가 소셜미
디어를 통해 기재했던 원고다.

흡까지, 확실한 비언어적 메시지의 전달에서 홍이삭은 다른 참가자들을 압도한다. 여기에 익숙해서 편안하고, 거기서 딱 한 발만 더 나아가 놀랍기도 한 리빌딩의 편곡이 더해지면서 그의 무대는 언제나 완성형으로 마무리된다.

저명한 사회심리학자인 엘버트 메라비언에 따르면 의사소통에서 언어적 메시지의 비중은 7퍼센트에 불과하다. 표정과 손짓같은 행동이 55퍼센트, 청각적 요소가 38퍼센트를 차지한다. 그러니 우리가 일상에서 중요한 커뮤니케이션을 할 때 '무엇을' 말할지보다 그 무엇을 '어떻게' 말할지에 대해 더 고민해야 한다는 거다. 대중 매체에서의 비언어적 메시지의 전달은 더할 나위 없이 중요한 것일 테고. 90년대 <아름다운텔레비전 얼굴>과 2000년대 <그것이 알고 싶다>를 진행했던 배우 박상원은 내가 기억하는 최고의 비언어적 메시지 전달자였다.

우리가 매일 붙잡고 있는 카톡에서는 비언어적 메시지를 담을 수 없다. 가끔 오해가 생기고, 다툼으로까지 이어지는 이유다. 그래서 우리가 제일 많이 두드리는 게, 애써 감정을 표현하는 요상한 기호들이지 않나? 내 기준에선 그래서 이런 기호들을 습관처럼 사용하는 카톡 친구는 상대의 마음을 한 번 더 살피는 사람들이다. 기술의 발전이 낳은 피곤한 부산물일지라도 어쩌겠는가, 적어도 오해를 줄이는 소통을 위해서라면. 꼭 카톡이 아니더라도 자꾸 이유도 모른채 커뮤니케이션에 문제가 생긴다면, <싱어게인3>에서 홍이삭의 무대를 꼭 보라고 해주고 싶다. 특히 'top7 진출전'에서 했던 여행스케치의 <옛 친구에게> 무대는 비언어적 메시지의 전달이라는 측면에서 발군이었다. 대학 때부터 이 노래를 수십 번 듣고, 불렀는데 이렇게 슬픈 노래였는지 새삼 알게 됐다. 다 홍이삭 덕분이다.

술의 위로,
아들의 위로

　　며칠째 술을 마셨다. 다행인 건 술이 위로가 되다는 걸, 반백 년을 살고 새삼 알았다. 내게 술은 즐거움의 묘약, 관계의 윤활유, 운동 후의 청량제 정도의 기능이었다. 위로의 측면에서 보자면, 그저 알코올처럼 금새 날아가버리는 '휘발성 마음 진정제' 정도였다. 그런데 소주와 맥주가 황금 비율로 만나거나, 와인이나 막걸리가 적정한 온도를 만났을 때, 술이 그런 효과 빠른 위로제가 되기도 한다는 걸, 아마 반백 년을 살았기 때문에 깨달은 것 같다.

　　이런 깨달음엔 술과 함께 술술 읽은 『아무튼, 술』도 한몫했다. 자칭 술꾼, 술 예찬론자, 게다가 글도 잘 쓰는 김혼비 작가가 쓴 '술 이야기'인데, 어찌 안 취할 수 있었겠나, 어찌 안 넘어갈 수 있었겠나! 작가 본인은 필명 '혼비'를 영화 <about a boy>의 원작자 '닉 혼비'에서 따왔다는데, 내가 보기엔 넋이 날아다닐 정도로 술을 마시고 글을 써서 '혼비魂飛'로 하지 않았나 싶다.

그날도 술을 먹고 늦게 집에 도착했다. 현관문에 메모가 붙어 있는데, 만약에 성인이 썼다면 분명 음주 상태인 것으로 추정할 수밖에 없는 글씨체였다.

"할머니가 냉장고에 매실이랑 도리지(문맥상 '도라지'로 추정) 끓인 거 있으니까 마셔. 꼭!"

그리고 냉장고 문을 여니 '할머니가 매실이랑 도라지를, 분명 위로를 주는 소맥의 황금 비율로 넣고 끓인 것' 같은 병 앞에 정확하게 '이거'라고 쓴 메모가 또 붙어 있었다.

살가운 아들이었다. 며칠째 술의 위로를 받느라 소홀했는데, 아들은 술의 위로가 과하면 위가

화나서 위(?)로 뭐가 나올 수도 있다는 걸, 아마 우리 집이 아닌, 다른 가족 이야기를 엿듣고 알고 있었나 보다. 아들의 메모와 그 '이거'는 마음이 터져버릴지도 모를 폭탄주 100잔 정도의 위로였다.

'너와 빨리 술을 마시고 싶구나.'

계란밥

요즘 주말마다 아들 점심을 챙겨줘야 하는
데, 아들이 가장 좋아하는 메뉴가 계란밥이다. 성의
없다 무시하진 말라. 나름 요리법을 잘 지켜야 아들
의 까다로운 입맛을 만족시킬 수 있다. 밥은 밥알의
친밀감이 살짝 떨어질 정도로 고슬고슬해야 하고, 계
란은 노른자가 선명한 노란빛을 유지할 정도로 신선
해야 한다. 재료가 준비되면 일반적인 반숙의 50퍼센
트 정도로 계란을 익히고, 밥의 가장 가운데를 움푹
파놓았다가, 그 곳에 계란을 넣는다. 그리고 계란밥
전용 간장 1.5스푼을 밥이 아닌 계란에 떨어뜨리는
것으로 마무리한다.

나는 주로 깍두기나 무생채, 우엉조림을 곁들이는데 아들은 계란밥 본연의 맛을 더 중시하는 편이다. 맛은 고소하고 담백하고 달콤하다. 노른자와 간장의 풍미가 식욕을 돋우고 식감도 편안하다. 완전식품 계란이니 단출한 모양이라 해도 영양을 걱정할 필요까지는 없다.

때마침 몇 년 전에 재밌게 읽었던 일본의 유명한 만화가이자 작가인 쇼지 사다오 님이 쓴 『혼밥 자작 감행』을 다시 훑어보는데, 계란밥을 찬양하는 대목이 나와서 반가웠다. 1937년생인 쇼지 선생은 계란밥 먹을 때의 느낌을 이렇게 표현했다.

혀와 노른자의 농밀한 키스, 노른자와 혀는 그 순간 서로 사랑하는 사이다. 그 사랑을 허한다. 둘의 사랑을 확인하는 때야말로 최고의 순간이다.

한 수 배운다. 얼마 전 읽었던 가수 장기하의 에세이 『상관없는 거 아닌가?』에서도 가장 재밌게 읽은 건, 라면을 맛있게 먹는 법에 대한 글이었는데, 장기하도 계란밥을 따로 만들어 라면과 곁들이는 걸 추천했다.

　　우리는 사랑스런 계란을 자주 무시한다. 이
유는 쉽게 구할 수 있고 저렴해서다. 계란이 지금보
다 열 배 정도 비싸다면 훨씬 귀하게 여길 텐데. 흔하
고 작은 존재지만 더 소중히 여겨야 한다. 계란이든
계란밥이든, 열심히 계란을 생산해내는 닭이든. 닭과
계란이 없는 세상은 상상하기조차 싫으니까.

　　몰랐는데, 쇼지 선생의 글이 내게 꽤 많은 영
향을 끼친 것 같다. 에세이는 잘 읽히는 게 가장 중요
하고, 가끔 재미있고 쉽게 공감되고 살짝 위로를 주
면 더할 나위 없다 생각하는데, 일본에서 각종 에세
이상에 문학훈장까지 받은 쇼지 선생의 글이 딱 그러
하다. 마치 계란밥같다고나 할까?

　　내가 정성껏 아들에게 만들어주는 계란밥처
럼 내 글도 쉽게 읽히고, 담백하고 고소하니 맛있고,
소화 잘되는 에세이였으면 좋겠다. 나란 사람도 그저
계란밥 정도면 족하다.

슈필라움

책을 많이 읽지도, 빨리 보지도 못하는 내가 그래도 신간이 나오기를 기다리는 작가들이 있다. 그중에 한 분이 문화심리학자 김정운 님이다. 『노는 만큼 성공한다』, 『나는 아내와의 결혼을 후회한다』, 『일본 열광』, 『남자의 물건』, 『에디톨로지』 등을 완독, 정독했다. 이유는 책이 재밌고, 쉽게 읽히고, 남는 게 있어서다. '참 훌륭한 작가다.'라고 생각한다. 최근에 읽은 책은 『바닷가 작업실에서는 전혀 다른 시간이 흐른다』인데, 제목을 왜 이렇게 길게 지었는지가 조금 의문이긴 했지만 역시 '학문적인 전문성 위에 색다른 통찰이 곁들여진 수작이다.'라고 생각했다.

조금은 생소한 단어 '슈필라움'에 관한 내용이었다. 작가의 소개를 그대로 옮기자면 슈필라움이란 '놀이 슈필와 공간라움의 합성어로 남의 시선을 의식하지 않고 마음껏 자신을 드러낼 수 있는 방'이다. 우리 사회, 특히 중년 남성들이 겪는 여러 문제의 근본적인 원인이 바로 슈필라움의 부재에서 온다는, 꽤 설득력 있는 논리다.

생각해 보면 나도 늘 꿈꿨던 것 같다. 그래서 결국 이렇게 집을 지었던 거다. 경제학과를 나와 주식 투자에도 성공하고 경제 감각이 뛰어나지만 그렇다고 주변 일에 크게 신경 쓰지 않는 친구 전희가 무리가 되지 않겠느냐고 말렸지만, 들은 체도 하지 않고 '무소의 뿔처럼 혼자 가서' 서울 외곽에 조그마한 단독주택을 지었던 거다. 이 책을 읽고 나니 "어떻게 집 지을 생각을 했어?"라고 주변에서 대충 호기심으로 던지는 질문에도 근사하게 답할 게 생겼다. 이 지점에서 김정운 님께 깊은 감사를 전한다.

요즘처럼 '초록초록'한 날에는 집 앞의 정원이 우리 동네 아저씨들의 '슈필라움'이다. 미술을 전공해 감각이 뛰어난 옆집 형은 요즘 꽃에 빠진 것 같다. 수십 개의 화분에 꽃을 심어 집 주변을 장식했다. 장미, 튤립, 카네이션 등 형형색색의 꽃을 참 정성껏 가꾼다. 아침 일곱 시 출근길에 꽃에 물을 주는 형을 가끔 마주치는데, 잠옷에 부스스한 모습이지만 그 옛날 봉봉브라더스가 부른 <꽃집의 아가씨는 예뻐요>가 생각날 만큼 꽃도, 형도 예쁘다.

사업을 하시다 은퇴한 앞집 아저씨는 나무를 가꾼다. 키와 모양이 다양한 여러 소나무가 중심을 잡고 주목과 목련, 철쭉, 가시오가피, 영산홍, 자산홍 등이 조화롭게 자리한 이 집의 정원은 자타 공인 이 동네에서 최고로 꼽힌다. 나무를 고르고, 심는 것부터 계절마다 가지를 치고 매일 물을 주는 것까지 혼자서 다 하신다. 할 일이 많아진 요즘엔 더 자주 얼굴을 마주치는데 정원의 나무들처럼 편안하고 넉넉한 표정이 참 좋다. 그 집과 우리 집이 마주한 관계로 내가 이토록 멋진 정원을 맘껏 감상할 수 있는 건 행운이다.

나의 슈필라움도 요즘 작은 정원, 그중에 가

장 애정을 쏟는 대상은 텃밭이다. 기본인 상추와 고추, 방울토마토 모종을 매년 봄에 조금씩 심었는데 올해엔 오이와 가지, 깻잎을 추가했다. 모종을 심기 전에 흙에 미리 비료를 섞어주고, 흙이 건조해지면 물을 충분히 주고, 받침대를 세우고, 방울토마토의 경우 곁 잎을 떼어준다. 꽤 거창한 일처럼 보일 수 있지만 많은 시간을 들이지 않고 할 수 있는 일이다. 올해는 조금 더 신경을 썼더니 확실히 결과가 좋다. 키도 부쩍 자라고, 열매도 빨리 달렸다. 관심을 주고 시간을 들이면 정직한 결과가 나온다는 거, 요즘 세상에서 그리 흔치 않은 일이다.

자전거
　　기행

1.

존경한다는 표현은 잘 아는 사람에게 어울릴 법한데,
잘 알지 못함에도 불구하고 존경한다고 말할 수 있는
분이 김훈 작가다. 그가 쓴 에세이 『자전거 기행』의
표현에 감동하고 시선에 공감하며 읽은 게 퍽 오래
전이다. 그런데 '철 지난' 장마가 다시 찾아온 여름
의 끝자락에 자전거를 타야겠다는 '철 지난' 듯한 생
각이 불현듯 떠올랐다. 가족들이 제주로 떠나고 맞는
첫 주말에 비가 내려 아침에 빵을 사러 나간 것 말고
는 좁은 오피스텔에서 늦은 오후까지 머물다 보니 기
자 초년병 시절이 생각났다. 2002한일월드컵 때 30일

연속 아침부터 밤까지 쉬지 않고 일을 하다가 마지막 날 식중독에 쓰러져 생애 첫 입원이라는 걸 하고, 이틀 동안의 병실 생활을 못 견뎌 링거주사를 뽑아버리고 싶었던 그 젊은 날의 충동이 다시 찾아온 듯했다.

창릉천 자전거길은 정겨웠다. 서울과 맞닿아 있는 곳이었지만, 자전거 위에서의 시야에선 강원도 어디쯤, 충청도 어느 마을이라 해도 전혀 어색하지 않았다. 이름 모를 풀들이 물길 옆을 푸르게 채웠고, 커다란 수양버들이 시골의 정취를 자아냈다. 중간에 축사에서 나는 냄새가 고약했지만, 그럭저럭 참을 만했다. 8킬로미터를 달리면 한강에 닿는데, 축사 냄새를 견뎌 한강에 닿으면 큰 선물이라도 받을 수 있는 사람처럼, 때마침 쏟아진 빗줄기를 뚫고 힘차게 페달을 밟았다.

어제 빗속 창릉천의 기억이 한 바퀴 페달을 크게 돌아 다시 내 몸을 자극했을까? 일요일 오후엔 성산대교까지 한달음에 내달렸다. 어제 익혔던 창릉천 길을 통과해 한강을 오른쪽에 두고 미지의 세계를 탐험하듯 눈은 조심스럽게, 대신 다리는 힘차게 두 바퀴를 굴렸다. 한강 자전거길은 훨씬 쾌적하고, 볼

거리가 많았다. 시야를 더 멀리 둘 수 있어 생각의 한계도 더 먼 곳까지 뻗을 수 있었다. 고양시와 서울시의 경계에 있는 새로 지은 축구장 언덕에서 잠깐 쉬었는데, 이곳에서 보는 석양은 일품이었다.

초보자의 눈에 인상적인 건 보편성이었다. 나를 앞서고, 뒤따르는 자전거는 전문 선수용 사이클부터 따릉이까지, 안장에 오른 사람들은 남녀노소, 연령대도 다양했다. '이렇게 많은 사람들이 나와 같은 시간, 같은 장소에서 자전거를 즐기는 데는 다 이유가 있는 법.' 이러한 보편성의 깨달음 뒤엔 자전거야말로 '코로나 블루'를 이겨내는 가장 좋은 처방이 아닐까 생각했다.

집으로 돌아가는 길엔 브로콜리너마저의 <보편적인 노래>를 배경음악으로 틀었다. 여전히 창릉천을 지날 때 고약한 축사 냄새를 견뎌야 했지만 다음 라이딩에선 성산대교를 지나 더 멀리 가야겠다는, 자전거를 바라보는 보편적인 마음가짐이 생겼다.

2.

누구나 자전거를 탄다는 건 최소한 뭔가 열심히 하려
는 의지가 남아 있는 것이다. 그러지 않고서야 그리
무심한 페달을 수천 번, 수만 번 무념으로 밟을 수 없
다. 더 멀리 갈수록 돌아올 길이 멀어지는 걸 알면서,
터질 듯한 미물의 장딴지 근육을 그렇게 혹사할 순
없다. 무작정 한강 길을 달리면서 때론 잡념을 떨치
기도 하고, 내면을 성찰하기도 하고, 뭔가 열심히 하
려는 게 더 또렷해지기도 한다. 달리던 중 천천히, 찬
찬히 2인 자전거를 타던 노부부의 모습은, <어느 60
대 노부부 이야기>의 가사만큼 참 정겨웠다.

글과 메모 사이

권한과 책임 사이
주장과 팩트 사이
유머와 실없음 사이
관심과 친절 사이
사랑과 우정 사이

아주 가끔은 '슬림 100'이나 '97' 사이즈처럼
누군가 애매모호함을 단박에 정리해줬으면 좋겠다.

선물

1박 2일의 카라반 여행.
수안이의 어릴 적 친구네와 함께하기로 했다.
아침부터 책상 이곳저곳을 찾길래 물었더니
친구 선물을 준비한단다.
선물을 줄 때 꼭 편지도 써야 한다고.
그래서 물었다.
선물은 받는 게 더 좋지 않냐고.

"선물은 줄 때가 더 좋아.
  친구가 받고 기뻐하는 모습을 보면 기분이 참 좋아."

진심 같았다.
딸에게서 배운다.

핑크방
&
블루방

아들은 아파트에 살아본 기억이 없다.

네 살에 그레이집으로 왔으니 친구들과는 다른,

나름의 특별한 기억을 쌓아가며 유년 시절을 보내는 중이다.

이 집이 자기 세계관 속의 집인 거다.

요즘은 금리가 너무 올라 이자가 빠져나갈 때마다 한숨이 나오지만,

이 집을 너무 사랑해주는 아들 때문에 견딘다.

어쩌면 이 마을에 이렇게 집을 짓고, 글을 쓰고 있는 것은 딸 덕택이다. 아니, 딸이 아팠던 덕택이다. 딸은 세상에 나와 열흘 만에 대형 병원 중환자실에 입원해야만 했다. 지금은 조금 더 알려졌지만, 당시만 해도 '이런 병을 앓고 있는 환우가 어느 지역에 있는데 사정이 어떻다.'는 게 지역 신문에 실릴 정도의 희귀난치병을, 우리 딸이 앓았다. 물론 몇 개월 만에 상태가 호전되고 만 다섯 살 정도가 됐을 때 완쾌 판정을 받았지만 당시엔 정말, 너무, 많이 슬펐다. 신혼집에서 살다가 첫 이사를 고민했을 때 그래서 우리는 서울에서 가장 공기 좋은 곳을 찾아 이곳에 오게 됐으니 결국 딸이 태어날 때 달고 나왔던 그 병이, 우리를 이곳으로 이끈 셈이다.

딸의 방은 2층에서 북한산이 가장 잘 보이는 쪽에 있다. 그렇게 크지는 않지만 그럭저럭 성인이 될 때까지 불편함 없이 쓸 수 있을 정도는 된다. 딸은 이

방에서 초등학교 때의 추억을 쌓았고, 지금은 중학생이 됐다. 어렸을 때부터 몸 쓰는 걸 좋아해서 리듬체조를 4년 동안 배웠고, 1년간 제주도에 살았을 때는 승마를 했다. 요즘은 공부 스트레스를 해소해야 한다며 댄스 학원에 다닌다. 글 쓰는 걸 좋아하고, 말도 조리 있게 잘하는 편이라 반장과 회장 선거에 나가 당선률이 높은 편이다. 무엇이든 잘하려고 노력하는 게 가장 큰 장점인데, 매일 다니는 길도 잘 못찾고, 관심 없는 것엔 정말 무심한 게 가끔 신기하기도 하다.

딸 방의 벽지는 연하고 따뜻한 느낌의 핑크색으로 했다. 정서를 안정시키고 만족감을 주는 색이라고 하는데, 딸이 그래이집에 살면서 부족함 속에서도 만족감을 많이 느꼈으면 좋겠다. 그리고 난 이 집에서 뷰가 가장 멋진 딸의 방을 호시탐탐 노리고 있는데, 딸이 계속 이 방에 머문다 해도 큰 불만은 없을 것 같다.

아들은 아파트에 살아본 기억이 없다. 네 살에 그래이집으로 왔으니 친구들과는 다른, 나름의 특별한 기억을 쌓아가며 유년 시절을 보내는 중이다. 그런데 중요한 건 앞으로도 이 집을 떠날 생각이 없다는 거다. 아들의 관점에서는 밖에서 현관을 열고 집에 들어오고, 밖에서 놀고 싶을 땐 다시 현관문만 열고 나가면 되고, 자기 방에 갈 땐 2층으로 올라 가고, 작은 정원에서 꽃을 보고, 텃밭에서 상추를 따고, 옥상에서 별을 볼 수 있는 이 집이 자기 세계관 속의 집인 거다.

아들은 정을 잘 떼지 못한다. 그 대상이 작아진 옷부터 구멍 난 양말, 고장 난 텔레비전, 20만 킬로미터를 달린 자동차 등등 쓸모를 다해 뭔가를 버려야 할 때마다 눈물을 뚝뚝 흘리며 특별한 작별의식을 해야 한다. 그들에게도 다 생명과 인격이 있다고 여긴다. 아들이 태어날 때부터 있었던 20만 킬로미터 이상을 달린 SM5를 떠나보낼 땐 그 특별한 작별의식을 마치고도 '꼭 건강하고 아프지 말라'는 절절한 편지를 써서 차 안에 넣어준 다음에야 이별할 수 있었다. 진짜 생명이 붙어 있는 존재에 대한 존중은 더하다. 열심히 일하는 개미나 꿀벌은 물론이고, 파리든 노린재든, 송충이든 집을 방문하는 어떠한 생물체도 꼭 살려서 내보내야 한다.

　늘 머릿속에선 새로운 것을 상상하는데, 이를 닦으러 가다가도 양손에 칫솔과 치약을 들고, 10분 이상 '멍을 때리는 일'이 많다. 책을 좋아하고 그래서 말은 참 많은데, 그래서인지 행동은 참 느리다. 막내라서 그런지 애정 표현을 늘 서슴지 않는데, 요즘엔 가끔 나에게 "아빠는 사랑할 수밖에 없어."라고 한다.

　아들 방은 2층의 딸 방 바로 옆이다. 역시 창으론 북한산 봉우리가 시원하게 들어온다. 동남쪽에 창이 있어 아침에 산 위로 해가 뜨는 것도 매일 볼 수 있다. 오전에 햇살이 방안 가득 들어올 때 행복감이 퍼지는 방이다. 아들 방의 벽지는 연한 하늘색이다. 활짝 갠 푸른 하늘처럼 안정감과 편안함 속에서 상상의 나래를 더 맘껏 펼치기를 바란다. 요즘은 금리가 너무 올라 이자가 빠져나갈 때마다 한숨이 나오지만, 이 집을 너무 사랑해주는 아들 때문에 견딘다.

리듬체조대회
　　　출전기

　　　딸 수안이는 취미로 리듬체조를 배웠다. 추
석 때마다 텔레비전에서 하는 아이돌그룹 체육대회
프로그램에서 좋아하는 가수가 하는 걸 보고 시작했
다. 아직도 아이돌 가수가 될 거라고 믿어 의심치 않
는 비현실적인 꿈을 꾸고 있는 딸의 꽤 현실적인 준
비였던 셈이다. 가끔은 아이돌 가수가 아니라 리듬체
조 선수가 꿈이 아닌가 싶을 정도로 딸은 참 열심히
했다. 일주일에 두 번은 학원에서, 또 한 번은 학교
‘방과 후 수업’으로 배웠다. 집에서도 틈만 나면 다리
를 옆으로 찢고 위로 뻗고, 동시에 허리를 뒤로 꺾고
앞으로 접었다. ‘거미’, ‘무지개’ 이런 게 동작의 이름

인데 볼 때마다 신통방통했다.

그런데 키에 비해 길고 가는 팔다리와 유연함을 무기로 '취미반 리듬체조계'에서 승승장구하던 딸에게도 고비가 찾아왔다. 바로 시합이었다. 경험 삼아 나가보겠다고 신청을 했는데, 막상 대회장에 가보니 딸과 비슷하게 비현실적인 꿈을 꾸고 있는 것 같은 아이들이 정말 많았다. 수안이의 출전까지는 두 시간 남짓. 눈으로는 아이들의 놀랍고 예쁜 동작을 흐뭇하게 바라보며, 머리로는 지나치게 상업화된 조기 교육과 냉혹한 경쟁 사회에 대한 문제점을 떠올렸다.

그리고 연습에 열중인 아이들 사이로 수안이가 때론 또렷하게, 때론 흐릿하게 내 시야에 두 시간 내내 머물렀다. 디자인은 별로지만 성능은 뛰어나 평균 시력 1.2를 자랑하는 내 눈에 갑자기 이상이 생기지 않았다면, 한 번도 쉬지 않은 채 2분 남짓한 프로그램을 무한 반복하면서 말이다. 긴장했던 거고 긴장을 풀기 위해서 계속 연습을 했던 건데, 노력하는 모습이 대견했고 왜 저렇게 노력을 할까 안쓰러웠다.

드디어 딸의 순서. 주책없이 마음이 두근거

렸다. 조금 더 솔직히, 그래도 좀 더 잘하기를 바랐다. 조금 전까지 지나친 경쟁을 비판했지만 딸이 노력한 만큼, 아니 '노력한 것보다 살짝 더 좋은 성적을 내서 막 좋아했으면 좋겠다.'라는 데까지 생각이 머물렀다. 그리고 내 눈엔 충분히 잘한 것처럼 보였다. 연기를 마치고 나오는 딸에게 "수안아, 잘한 것 같아?"라고 물었고, 딸도 "어, 잘한 것 같은데!"라고 답했다.

　　　순위가 발표됐다. 3학년 열아홉 명 가운데 9등까지 상장을 줬는데, 마지막까지 이름이 불리지 않았다. 연습을 너무 많이 한 탓에 점프할 때 힘이 조금 떨어졌던 게 살짝 마음에 걸렸는데, 분명 나와 비슷한 수준의 시력을 보유한 심사위원들이 피곤함을 무릅쓰고 눈치 없이 프로정신을 200프로 발휘해서 너무나 정확하게 감점을 하지 않았나 싶다.

　　　집에 돌아오는 길. 차 안에 정적이 흘렀다. 10분쯤 지났을까 아내가 말을 뗐다.

"수안아, 울고 싶으면 울어."

이 열 글자가 차 안에 다 퍼지기 전에 참았던 울음이 터졌다. 참 서러웠고 서글펐다. 이럴 때 부모가 할 수 있는 말, "괜찮아, 열심히 했잖아. 그럼 된 거야.", "다음에 나가서 더 잘하면 되지 뭐", "넌 처음 나간 거잖아, 다른 친구들은 다 여러 번 나온 것 같던데.", "아빠 눈엔 수안이가 제일이었어.", "너는 다른 것도 잘하잖아. 세상은 공평한 거야." 등등 당장은 큰 위로가 되지 않을 거란 걸 알았지만, 그래도 이 말들을 차례로 두 번씩은 다 했던 것 같다.

수안이가 제일 좋아하는 토마토 스파게티로 점심을 먹었고, 집에 와서 몇 시간 지나서 수안이 기분도, 내 마음도 풀렸다. 세상 일이 노력한 대로, 마음먹은 대로 모두 다 되지는 않는다는 걸, 그리고 그런 일이 앞으로 훨씬 많을지도 모른다는 걸 조금은 느꼈을 거다. 어쩌겠는가, 앞으로 그럴 때마다 오늘 차 안에서 했던 교과서 같은 얘기를 다시 반복하는 수밖에. 그리고 함께 맛있는 걸 먹고 털어내는 수밖에.

그놈의 자전거가
　　　　내 가슴에
　　　　들어왔다

　　아들 정안이가 탈 네발자전거를 인터넷으
로 주문했더니 핸들이며 페달, 보조 바퀴 등이 분리
된 채로 왔다. 주말이 되자 당장 시운전을 해보겠다
는 아들. 안전을 위해 가까운 전문점에서 조립하는
걸 추천한다고 사용설명서에 친절하게 나와 있지만,
난 직접 아들에게 친절히 설명해 가며 안전하게 조립
하는 걸 선택했다. '마이다스의 손'인지 '마이너스의
손'인지를 가늠해야 할 시간이 다가온 것이다.
　　그런데 생각보다 어렵지 않았다. '40대 중반
에 나의 새로운 능력을 알게 될 줄이야!' 약간의 감동
과 함께 자전거 조립을 모두 마치고 바로 강습에 들

어갔다.

"오른발 먼저, 다음은 왼발, 하나씩 페달을 구르고. 허리
는 곧게 펴고, 시선은 정면을 봐야지."

다섯 살 때 세발자전거도 제대로 타지 못했던 아들이
라 걱정을 했는데, 제법 잘하는 걸 보니 나도, 아들도
대견했다.

　　　　자전거는 한 번 배우면 아무리 오랜 세월이
흘러도 잘 잊지 않는다고 한다. 그래서 처음 가르쳐
준 사람이 오래 기억에 남는다고 한다. 그런데 그 대
상이 대부분 같다. 아빠 또는 형이나 언니, 아니면 남
자친구다. 그래서 자전거를 못 타는 이성에게 자신을
기억하게 하는 강력한 무기로 '자전거 강습'이 아주
효과적이었던 거다. 나는 그런 경험이 없으니까 '아
니면 말고.'

　　　　암튼 집 앞에서 자전거를 타며 즐거워하는
아들을 지켜보는 게 참 즐거웠다. 그리고 이런 상상
도 했다. 페달을 힘겹게 밟으며 원을 크게 도는데 갑

자기 이번 한 바퀴를 돌면 여섯 살 아들이 한 열여섯 살쯤으로 훌쩍 자라 있는 거다. 또 한 바퀴를 돌면 20대가 돼 있기도 하고. 마치 영화의 한 장면처럼 말이다. 인생이란 원래 그런 거니까. 크게 도는 원 같은 거니까. 자전거로 집 앞에 큰 원 한 바퀴를 돌 듯이 1년이 지나고, 또 1년이 지나고, 그렇게 나이를 먹고, 아이가 크고….

나의 역할은 보조 바퀴 정도가 아닐까? 아이의 인생이 균형을 잃고 흔들릴 때, 다리에 힘이 빠져 페달을 구르는 것조차 힘겨울 때, 두 손으로 쥔 핸들로도 똑바로 서지 못할 때, 그저 넘어지지 않게 자전거를, 아이의 인생을 안전하게 잡아주는 거다. 햇살 좋은 5월의 주말 오후, 그놈의 자전거가 내 가슴에 들어왔다.

수안이의
        'Carpe diem'

        딸 수안이가 리듬체조를 배운 지 2년. 시작
은 일주일에 한 번 정도로 미미했는데, 점점 창대해
지고 있었다. 일주일에 네 번을 가고, 한 번에 서너
시간은 기본이고 주말엔 일곱여덟 시간을 연습했다.
가족들의 삶도 함께 바빠졌다. 아이들을 위한 물리적
인 수고라면 앞뒤 따지지 않는 아내는 딸과 함께 집
과 학원을 두 번씩 왕복하며 차에서 두 시간 이상을
보냈다. 일곱 살이던 아들은 엄마가 없는 동안 가끔
집에 혼자 남아 텔레비전을 보기도 하고, 상황이 여
의치 않으면 이웃집 엄마들의 보살핌을 받았다. 나의
삶에 끼치는 영향도 물론 있었겠지만 가정의 평화를

위해 과감히 생략한다.

리듬체조에 드는 비용도 좀처럼 늘지 않는 나의 수입을 고려했을 때 쉽게 넘길 만큼 가볍진 않았다. 그렇다고 우리가 딸을 제2의 손연재로 키우겠다는 야심에 찬 계획이 있었던 건 아니다. 수안이도 선수를 꿈꾸진 않았다. 단지 수안이의 목표가 있다면 서울시 교육감배 대회에서 입상하는 것. 그래서 학교에서 선생님과 친구들의 뜨거운 축하를 받으며 상장과 메달을 받는 것이었다. 나와 아내는 그런 소박한 수안이의 꿈을 응원해주는 것, 딱 그 정도의 생각으로 리듬체조를 가르쳤다.

그래서 의문이 생겼다. 아무리 생각해도 수안이가 리듬체조를 배움으로써 생기는 '교육감의 상장과 가족의 수고' 두 가치의 등가가 성립되지 않는 것 같아서였다. 물론 교육감배 대회에서 받는 상장의 가치가 작다고 말할 수는 없지만, 우리 가족이 그것을 위해 들이는 수고가 너무 컸다. 그리고 몇 번의 대회를 참관한 터라, 꼭 수안이에게 대회가 있는 10월의 어느 멋진 날이 올 거라 확신할 수도 없었다. 만약에 상을 받지 못한다면, 아이가 받을 상처와 그 상처를 보듬기 위해 준비해야 할 각종 아이디어까지 고려해야 했다. 그래서 결론은 막아야 했다.

아내에게 힘들게 얘기를 꺼냈다. 처음엔 "당신도 하루 두 시간씩 운전하느라 힘들지 않냐.", "아이가 이제 고학년이 되는데 다른 친구들처럼 영어나 수학을 배우러 다녀야 하지 않냐." 조금 자존심이 상했지만 "돈도 좀 많이 드는 것 같다."고. 아내에게 돌아온 답변은 심플했다. "그렇게 생각한다면 당신이 딸에게 얘기하라."는 것이다.

결론은 여전히 딸은 아주 열심히 리듬체조를 배운다. 하루 일곱여덟 시간 운동을 하고 와도 힘들다거나 피곤하다는 얘기는 듣지 못했다. 운동하러 갈 때나 마치고 돌아올 때나 언제나 표정은 밝았다. 활짝 핀 벚꽃처럼. 결론이 이렇게 난 이유는 내가 '리듬체조를 그만뒀으면 좋겠다.'는 얘기를 딸에게 하지 못했기 때문이다. 아니, 안 했기 때문이다. 얘기를 하지 않기로 마음을 고쳐먹었기 때문이다. 굳이 수학적으로 얘기하자면 수안이가 리듬체조를 다녀서 얻는 가치와 우리의 수고 사이에 등가가 성립된다고 내가 뒤늦게 깨달았기 때문이다.

그 가치는 바로 수안이의 환한 표정에 있었다. 나는 전에도 아이가 리듬체조를 하러 갈 때나, 하고 올 때나, 집에서 두 다리를 쭉 뻗고 소파에 매달려 있을 때나, 두 번의 실패 끝에 처음으로 상장을 받았을 때나, 기다리던 유니폼을 처음 입었을 때나, 새 작품을 받았다고 들떠서 얘기할 때나, 수십 번 수백 번 아이의 환한 표정을 봤지만 그 표정 속에 묻어났던, 아니 철철 넘쳐났던 아이의 행복감을 깨닫지 못한 바보 같은 아빠였던 것이다.

나는 열한 살 때 무엇으로 행복했을까? 열한 살 아이들 가운데 수안이 같은 행복한 표정을 짓는 아이가 얼마나 될까? 아이가 짓는 환한 웃음을 난 무엇으로 대체할 수 있는가? 이런 내 생각이 다시 흔들릴 수는 있지만 조금 더 수안이의 '까르페 디엠Carpe diem'현재에 충실하라','오늘을 즐겨라''을 응원해주고 싶었다.

"아빠도
　　　처음
　　　늙어보는 중이야"

　　　안 그래도 질문이 꼬리를 무는 아들이 아홉 살이 되고 질문의 범위와 수준이 달라졌을 때였다. 가장 흔한 건 '세상에서 누가 제일 키가 커?', '누가 가장 오래 살아?', '돈이 가장 많은 사람은 누구야?' 등의 '최고 시리즈'. 또 '미국이랑 중국이랑 어느 나라 땅이 더 넓어?', '마이클 조던이랑 마이클 잭슨 중에 누가 더 인기가 많아?', '우리나라랑 일본이랑 누가 더 힘이 세?' 등의 '비교 시리즈'도 단골 메뉴였다. 게다가 '세상에서 누가 제일 키가 커?' 다음엔 항상 두 번째, 세 번째는 누구냐는 질문이 이어지고, 가장 작은 사람도 꼭 알아야 하니, 나의 인내심도 가끔은 흔들릴 때가 있었다.

　　　그래도 난 여전히 어떤 질문이든, 가능하면 친절하게 설명하려 노력하고, 질문하는 아들을 격려하려 한다. 양육자로서의 책임감을 떠나 나도 이 시간이 은근히 재밌기 때문이다. 질문이 꼬리를 물다 보면 역사와 정치, 지리, 스포츠 등 내 관심 분야에 다다를 때가 있는데, 아이가 관심을 보이는 선에서 맘껏 잘난 척을 하기도 한다. 그러다가 아들을 꾸짖을 때, 가끔은 웃지 못할 선문답이 오가기도 한다.

"왜 날 낳았어?"
"너가 이렇게 말을 안 들을 줄 몰랐지."
"나도 세상이 이렇게 힘들 줄 몰랐지, 난 다 처음 배우는
　거잖아."

듣다 보니, 뭐 그리 틀린 말도 아닌 거다. 그 동안은 엄마, 아빠가 다 해줬지만, 옷 입는 것부터 머리 감는 것, 가방 챙기는 것 등 혼자 해야 할 것들이 많아지고, 당연히 태어나기 전에는 아홉 살쯤 되면 그런 걸 해야 하는지도 몰랐을 테고, 그런 사소한 일이 처음

엔 힘들게 느껴질 수도 있을 테니 말이다.

그래서 나도 아들과의 대화에서 말이 막히면, 가끔 이렇게 선문답을 한다.

"아빠도 처음 늙어보는 중이야."

'아빠의 지금도
　　너로 인해
　　　소중한 인생이야'

'지금도 인생이다.'

선지자나 선구자, 유명한 철학자가 아니라 수안이가
최근에 '10대를 위한 그릿'이란 책을 읽고 갑자기 던
진 말이다. 마치 인생의 중요한 깨달음을 얻은 표정
으로. 그래서 자신은 지금의 인생을 충분히 재미있
고, 알차게 보내겠다고 한다.

　　'어, 그래라.' 사과나무에서 갑자기 만유인력
의 법칙을 발견하고 좋아하는 뉴턴을 보는 느낌이랄
까? 좀 당황스러웠지만, 나는 인생의 중요한 깨달음
이란 별거 없다는 표정으로 그렇게 짧게 답했다. 찬

찬히 돌아보니, 안 그런 척하면서도 아이를 대할 때 나의 기준은 지금이 아니라 미래였던 것 같다. 그래서 '꿈이 뭐야?', '어떤 직업을 갖고 싶어?' 이런 질문을 자주 던졌고, 가끔 나무랄 때는 '그렇게 해서 좋은 학교 가겠니?', '훌륭한 어른 되겠어?' 이런 영혼 없는 물음으로 아이를 채근했다.

치열한 경쟁 사회, 특히 AI가 더 많은 직업을 가져갈 미래 사회를 살아가야 할 아이에게 부모로서 당연히 할 수 있는 질문이었지만, '지금도 인생'이라는 아이의 외침은 그런 당연함이 당연한 게 아닐 수도 있다는 물음을 내게 주었다. 나 역시, 조금 더 나은 미래를 위해 오늘을 충실히 살아가려 노력하지만, 행복한 오늘을 채워주는 건, 누구에 의해 강요되거나, 무심하게 보낸 과거의 그 어떤 날들은 아닌 것 같다. 오로지 내 의지로 오늘에 충실했던 과거 내 모습과 추억일 때가 많다.

내 인생에서 가장 치열했던 시절을 묻는다면, 군 제대 후 언론사 준비를 할 때도 아니었고, 입사해서 수습기자를 할 때도 아니었다. 대학에 입학해서 3학년 1학기 때까지 학교 방송국에서 보냈던 2년 반의 시간이었다. 방송과 교육, 세미나, 회의 등 촘촘하게 짜인 방송국 일정에 학과 수업, 그리고 틈틈이 아르바이트와 운동까지 하느라 30분, 한 시간 단위로 시간을 쪼개서 썼다. 정말 바빠서 연애도 한 번 못 했는데, 기쁜 가슴 떨림과 아픈 가슴앓이는 종종 있었던 것 같다.

시간을 조금 더 거꾸로 돌려 고등학교 시절, 학교가 아니라 교회에서 보낸 시간도 행복을 소환해주는 기억이다. 지금 생각하면 하나님에겐 용서를 빌 일이지만, 그 시절 예배를 보는 것보다 예배 이후 친구들과의 교제가 10대 후반, 사춘기를 무방비로 관통하고 있었던 내겐 훨씬 더 소중하고 시급했던 것 같다. 그렇다고 대단한 얘깃거리는 없었다. 작은 교회였지만 동갑내기 친구들이 많았는데, 예배를 마치면 근처 대학 도서관에서 같이 공부도 하고, 농구나 탁구도 하고, 고민 상담도 하고, 그러는 사이 난 가끔 설렜던 것 같다.

그래서 그 시절의 편린들은 2~30년이 훌쩍 지난 오늘도 내게 행복을 가져다주는 매개체가 되기도 하고, 가끔은 행복 자체가 되기도 한다. 대학 시절 친구들과는 가끔 여행을 가서 과거를 곱씹으며 일상에서 부족했던 감정의 진폭을 키우고, 가끔은 골프를 치며 많이 웃는다. 지난주엔 교회 친구들을 오랜만에 만나 30년 전 풋풋했던 '교회 오빠' 시절을 회상했다. 셋이 사진을 찍어 연락이 닿는 여자 친구에게 보냈더니 금새 다른 여자 친구를 통해 그 사진이 돌아왔다. 좀 더 자주 만나자는 약속도 했다.

수안이는 말 잘 듣는 착하고 예쁜 딸이다. 하고 싶은 것도 많고, 무엇을 하든 잘해야 한다는 욕심도 있다. 아주 가끔은 생각만큼 성과가 나오지 않아 슬퍼하거나, 이해 안 되는 이유로 부족했던 노력을 합리화하기도 하지만, 충분히 받아줄 만한 귀여운 투정 수준이다.

수안이는 운동을 좋아해 리듬체조를 3년 정도 했고, 독서를 많이 하고, 글도 꽤 잘 쓰는 편이다. 대신 음악과 미술 쪽으로는 아예 관심이 없다. 가족을 사랑하고, 집에 있는 걸 좋아하고, 고기와 짜장면, 파스타를 즐겨 먹는다. 그래서 '지금도 인생이다.'라는 걸 깨달은 수안이가 앞으로 원하는 것은 당분간 이러한 나의 예상 안에 있을 거라 생각한다.

'무엇이든 얘기하렴. 아빠의 지금도 너로 인해 소중한 인생이야.'

야구에 빠진
아들

　　운동을 잘하지 못하고 좋아하지도 않는 아들
이 운동과 친해졌으면 하는 마음에 부단히 노력했다.
드디어 결실을 맺은 걸까? 이 녀석이 요즘 야구에 빠
졌다. 야구장에 가서 좋아하는 두산 베어스 브랜든의
사인을 받고, 저지와 모자도 장만했다. 집에 있을 때
저녁 여섯 시 반, 야구가 시작하면 국민의례부터 시
작해 텔레비전 앞에서 눈을 떼지 못한다.
　　엄마의 계획대로라면 저녁을 먹고 나면 씻
어야 하는데, 5회가 끝나고 클리닝 타임_{경기 중간에 경기장}
_{의 모래와 잔디를 정리하는 5분~10분 정도의 시간}을 이용해 본인도 욕
실로 달려가 클리닝 타임을 하고 온다. 생각이 많고 말

하기 좋아하는 성격이 축구보단 야구에 맞는 것 같다.

　　꼭 그렇게 하려고 집을 지은 건 아니었는데 집앞 공터가 아들 입장에서 꽤 그럴 듯한 야구장으로 변신했다. 차가 돌아나가는 원형교차로라서 둥근 모양의 공터에 주차 금지 표지판으로 베이스를 만들고, 홈 베이스엔 포수 대신 등산의자를 놓았다. 아들이 지은 이름은 포수인 양의지의 이름을 딴 '양의자'. 양의자에서 직선 거리 45미터 전방엔 둥글게 개발제한 구역 구분 턱이 있는데 자연스레 그 턱의 바깥 쪽은 홈런 존이 됐다.

　　프로야구가 열리지 않는 시간에 여유가 있으면 우린 우리만의 베이스볼 파크에서 1대 1로 야구를 한다. 정말 놀라운 건 운동신경이라곤 찾을 수 없었던 아들이 나의 시속 70킬로 중반대 속구를 제법 잘 받아친다는 거다. 이래서 조기교육이 필요한가? 어제도 밤 아홉 시에 조명을 켜고 아들과 난 야간 경기를 했다. 3회까지 난 한 점도 주지 않았고, 아들은 나에게 아웃카운트 하나 잡지 못하고 홈런 1개를 포함해 5점을 줬다. 아들의 올해 소망 두 가지는, 가을야구

직관과 이 전용 구장에서 개발제한구역 밖으로 홈런
한 방 날리는 거다.

"정안아! 너의 꿈을 응원할게!"

딸의
사과 편지

      딸은 운동을 참 좋아한다. 태권도장에 3년을 다녀 1품을 땄고, 학교 방과 후 수업도 댄스와 줄넘기가 항상 우선이었다. 국민대학교에서 주최한 줄넘기 대회에 출전해 입상까지 했다. 학교 시간표를 보고 체육 수업이 있는 날을 좋아하는 걸 보면 과거 나의 모습이 떠올라 흐뭇한 웃음이 났다. 이런 딸이 또 시작한 게 리듬체조였다. 텔레비전에서 좋아하는 걸그룹 멤버가 리듬체조를 한 걸 보더니 자기도 꼭 배워보고 싶다고 엄마를 졸랐고, 다행히 멀지 않은 곳에 학원이 있어서 매주 토요일 오전에 리듬체조를 배웠다. 전문적인 수준은 아니더라도 '1자 다리'는 물론

이고 '거미'나 '무지개'로 불리는 높은 난도의 동작을
꽤 잘했다.

그런데 이 리듬체조 때문에 딸과 오해가 생
긴 적이 있다. 두 다리가 기껏해야 90도보다 조금 더
벌어지는 나로선 두 다리로 1자를 만드는 딸의 자세
가 너무 신기해 이 사진을 개인 SNS에 올렸다. 그런
데 그걸 살짝 보게 된 딸이 토라진 거다.

"창피하게 그런 걸 왜 핸드폰에 올린 거야!"

그러다 "아빠, 이건 아동학대야!"란 말까지 입에서
튀어나온 거다. 난 그저 '얘가 벌써 사춘기인가?' 이
런 생각에 머물 때, 딸의 울음보가 터지고 말았다. 한
시간을 넘게 우는데 처음엔 이해가 안 갔지만, 점점
미안한 감정이 커졌다.

"아빠가 네 마음도 모르고 이런 사진을 올렸네. 미안해."

애써 사과까지 했는데 딸의 서러운 눈물은 자기 전까
지 이어졌다. 여자의 눈물엔 남자가 모를 이유가 있

다고 했던가? 그런데 다음날 아침 일어나 이번엔 내가 울고 말았다. 침대 옆에 연필로 꾹꾹 눌러 쓴 딸의 편지 때문에.

아빠, 어제 화내고 아동학대라고 한 것은 정말 미안해. 아동학대라고 한 건 농담이었는데 아빠가 이렇게 속상해 하는 줄 정말 몰랐어. 우리를 위해 열심히 일해 돈 벌고 맛있는 빼빼로(이날이 빼빼로데이였다.)도 사준 아빠에게 내가 왜 그랬는지 나도 잘 모르겠어. 사실 어제 사과하려고 했는데 말로 사과하기가 쉽지 않았어. 세상에 하나뿐인 아빠 정말 사랑하고, 정말 고마워. 아빠가 있어서 내 마음이 정말 든든해. 아빠가 있어서 너무 행복해. 사랑해.

난 아이가 그렇게 서럽게 눈물을 흘린 이유를 몰랐으니 아동학대 한 거, 맞다.

기분은
뭘까?

"아빠, 기분이 뭐야?"

다섯 살이던 아들이 어느 날 갑작스러운 질문을 했다. 그때 나이에 호기심이 많다고 하지만, 가끔은 너무 구체적이고 때로는 대답하기 어려운 질문이라 당황할 때가 있다. 이 질문도 그랬다. '기분을 어떻게 설명하지?' 아마도 나와 아내, 아들과 네 살 터울인 누나가 '오늘 기분이 어때?', '이야, 기분 좋다.' 이런 얘기를 할 때 이해가 안 돼서 답답했었나 보다. 성격 급한 아들은 빨리, 그것도 이해하기 쉽게 답해주지 않으면 안 될 것 같은 얼굴이었다.

난 마치 세상 모든 걸 알고 있다는 표정으로 설명을 시작했다.

"정안이가 눈으로는 무엇을 보고, 귀로는 소리를 듣잖아. 그리고 코로 냄새도 맡고, 입으론 맛있는 걸 먹기도 하고, 또 손으로 이렇게 책상을 만지면 느끼는 게 있지? 이런 게 정안이 머리에서 모두 '합체'를 하는 거야. 그래서 나온 정안이 마음속의 생각? 그게 바로 기분이란 거야."

맞는 설명인지는 잘 모르겠지만 최소한 알아들었다는 눈치였다. 참고로 아이는 워낙 텔레비전 만화에서 자동차며 로봇이 합체를 하는 탓에 '합체'라는 단어에 굉장히 익숙했다. 지적 호기심이 충족돼서 기분이 좋아졌는지 정안이가 "고마워!"라고 말하고 다시 합체를 위해 장난감이 있는 곳으로 향했다. 나는 아이의 머리를 대충 쓰다듬었다. 아이의 뒷모습과 고맙다는 인사와 내 손끝의 느낌이 어느새 '합체'됐나 보다. 내 입꼬리도 살짝 올라갔다.

삼겹살 기름반과
카놀라유 출판사

수안이가 5학년이던 해에 반에서 참 재미있는 프로젝트를 시작했다. 1년 동안 아이들이 글을 써서 함께 책을 만드는 작업이었다. 학생들을 사랑하고 특히, 5학년에 대한 애정이 특별한 담임 선생님의 아이디어였다. 그 선생님은 아이들에게 자신이 초등학교 5학년 때 가장 즐거웠고 가장 많이 성장했다고 얘기해줬다고 한다. 그리고 학교생활을 통해 가장 많이 즐거울 수 있고 성장할 수 있는 시기도 역시 5학년이라는 신념을 갖고 있다고 한다. 아마 그 훌륭한 선생님은 어린이에서 청소년 시기로 접어들 때, 질풍노도의 사춘기가 시작될 때, 교육과 교육자의 중요성이 가장 크다는 걸 학생 때의 또렷한 기억과 교사로서의 경험을 통해 체득한 것 같다.

　　이 프로젝트의 출발은 아이들이 좋아하는 가치를 담은 '반 이름'과 '출판사 이름'을 정하는 거였다. 아이들이 반에 꼭 있었으면 하는 가치로 답한 것은 '사랑, 행복, 건강, 안전'이었다. 다음엔 이 키워드를 이용해서 이름을 지었는데, 여러 후보 가운데 채택된 반 이름이 바로 '삼겹살 기름반'이다. 해석은 이렇다. 일단 5학년 1반이라서 '오일'이고, oil은 기름이니 '기름반'이다. 그렇다면 삼겹살은? 여러 이름이 나열됐는데, 한 남자아이의 한 마디에 정리가 됐다고 한다.

"전 행복이 가장 중요한데, 삼겹살 먹을 때 제일 행복하잖아요."

하긴 수안이도 삼겹살을 참 좋아한다. 나도 삼겹살에 소맥 한잔 할 때, 소소한 행복을 느낀다. 그 이름이 채택된 걸 보면, 수안이 반 아이들도 삼겹살의 행복에 적극 동의한 것 같다.

출판사 이름은 '카놀라유 출판사'. 이왕 5학년 1반이라 기름이 테마가 됐는데, 좋은 기름을 찾다가 누군가 신박한 아이디어를 낸 것 같다. 카놀라유는 유채씨에서 좋지 않은 성분을 제거해 만드는데, 건강에 해로운 포화 지방이 낮고 심장병 예방에도 효능이 있다. 꿈보다 좋은 해몽을 하자면, 건강에 좋은 글을 쓰겠다는 아이들의 생각이 깃든 것 같다. 게다가 발음도 재미있어서, 잘 구워진 삼겹살처럼 입에 잘 붙는다.

코로나로 등교수업도 제한적이었던 시절, 나는 5학년 1반 아이들이 선생님의 계획대로 이 프로젝트를 잘 마치길 바랐다. 글쓰기의 경험을 통해 주위와 사물을 보는 관찰력이 좋아지고, 생각의 깊이도 한 뼘쯤 자랄 것이기 때문에. 생각을 글로 옮길 때, 마음이 정화되는 기쁨과 글을 마무리했을 때의 기분 좋은 성취감을 경험했기를, 또 다른 친구들의 글을 읽으면서 상대를 배려하는 마음을 익혔기를 바랐다. 책을 함께 만들며 협력의 가치를 체득했기를. 무엇보다 '삼겹살 기름반' 아이들이 삼겹살을 먹을 때의 행복을 자주, 많이 느꼈기를 바랐다.

'카~ 놀라유'라고 할 정도로 반짝반짝 놀라운 글도 많이 나왔으면!

우문
현답

    아들 정안이는 참 뻔뻔하다. 세상의 중심이 바로 자신이다. 잘못을 해놓고도 장난기 어린 웃음으로 넘기고, 핑계인지 이유인지도 아주 잘 지어낸다. 자기 할 얘기가 있으면 때와 장소를 가리지 않고, 누가 말을 하는 중이라 해도 전혀 개의치 않고 계속 말을 한다. 고대 철학자도 아니면서 주로 엄마나 아빠지만 상대로부터 시원한 답변이 나올 때까지 계속 묻는다.

    아직 어려서 책임이 없다 보니 본인에겐 물론 좋고, 가족들도 크게 나쁠 건 없다. 이런 아들의 모습에 가끔 조금 화가 났다가도 화보다 웃음이 더 커진다. 물론 책임이 뒤따르는 시기가 되면 바뀔 거라 기대하고, 그렇지 않는다면 내가 책임지고 바꿔놓아야 하지만 당장은 뻔뻔한 아들의 모습을 존중해주고 싶다. 어느 날 뻔뻔한 아들과 나눈 우문현답.

Q. 정안이는 왜 엄마, 아빠 말을 잘 안 들어?

R. 내가 말 잘 듣는 걸 잘 못해.

Q. 밥은 왜 이렇게 천천히 먹어?

R. 내가 원래 씹는 게 느리고, 음식이 무거워.

Q. 또 왜 말을 잘 안 듣는 것 같아?

R. 시키는 게 너무 많고, 노는 게 재밌어. 잠은 잘 안 와. 엄마가 부를 땐 꼭 할 게 있어.

Q. 가끔 말 잘 들을 때도 있잖아?

R. 엄마, 아빠한테 혼날까 봐.

Q. 혼나는 거 생각하면 잘 들어야 하잖아?

R. 그걸(혼나는 걸) 까먹어.

"나는
　아직
　아빠가 세상에서 제일 잘생겼다고
　생각해"

"나는 아직 아빠가 세상에서 제일 잘생겼다고 생각해."

가을바람이 솔솔 불어오기 시작한 일요일 한낮, 아홉 살 수안이가 대뜸 던진 말이었다. 살짝 졸리던 참인데 괜스레 행복이 솔솔 밀려왔다. 수안이의 말은 절대 진실은 아니더라도 분명 진심일 게다. 그런데 말을 곱씹으니 참 재밌다. 일단 '아직.' 조금 더 나이를 먹으면, 아님 생각이 빨리 자라 한두 달 뒤쯤, 아빠가 세상에서 제일은 물론 어느 집단 속에서라도 그렇게 잘 생기진 않았다는 걸 알게 될 거라는 걸 아는 거다. 그리고 '생각해.' 그냥 잘 생겼어가 아니라 그렇게 생각한다는 거다. 눈으로는 아닌데, 머리로 그렇다거나 마음으로 그렇게 느낀다는 얘기일까?

그냥 아이가 별 생각 없이 한 말에 아빠인 내가 이리저리 쓸데없는 해석을 달고 있는 것일 수도 있다. 아님 내 외모에 대한 자신감 없음이 속 좁은 마음과 결합해서 이리 생각의 꼬리를 물고 있는지도 모르겠다. 그런데 아무려면 어떠랴, 내가 제일 잘 생겼다는데! 욕심을 내자면 수안이의 이런 생각이 조금 오래 갔으면 좋겠다는 것이다.

"나는 아빠가 세상에서 제일 좋아!"

이 말의 의미와 크게 다르지 않을 거라 생각하기 때문이다. 수안이가 중학생이 되고, 사춘기가 찾아와서 질풍노도의 길을 걷더라도 나를 그렇게 생각해준다면 나와 수안이의 사이는 참 좋을 것 같다. 그런데 그러려면 나도 좀 가꿔야 할 텐데….

머리카락이 빠지고, 또 여기저기 허옇게 세고, 게다가 고래도 아닐진대 흰 수염도 나고, 얼마 전 점을 모조리 뺐지만 얼굴은 점점 꺼칠해진다. 아직 몸매가 날렵한 편이지만 조금 젊은 스타일의 옷을 입으면 '확' 안 어울리는 걸 '확' 느낀다. 수안이의 고운 생각이 너무 큰 실망으로 바뀌는 걸 조금이라도 늦추기 위해서라도 '난 더욱 잘 생겨져야겠다.'

정안이
　　마음에
　　　　용기 심기

1.

아들 정안이는 차분하고 섬세하지만, 모험적이거나
호기롭진 않다. 대여섯 살 때까지는 크게 사고 칠 일
이 없으니 좋게만 보였다. 다른 또래 아이들이 이유
없이 뒹굴고, 뛰고, 때로는 부수고, 그럴 때마다 정안
이를 대견하게 생각했던 것도 사실이다. 물론 이런
성향은 의심할 수 없는 유전자의 힘 때문이다.

　　　그런데 아이가 조금 더 크니 '정안이 마음에
용기를 심어주고 싶다.'는 욕심이 생겼다. 엄마는 굳
이 그럴 필요가 있겠냐며, 요즘은 잘하는 걸 더 잘하
게 해주는 게, 좋아하는 걸 더 좋아하게 해주는 게 낫

213

다는 주장이지만, 난 그래도 많이 부족한 게 있다면 평균 정도까지는 올려주고 싶은 생각이다. 아이에게서 아빠인 나를 투영해 본, 아주 과학적이고 거기에 경험치까지 더한 합리적인 사고의 결과다.

처음엔 가장 보편적인 방법을 생각했다. 태권도 배우기. 몸을 많이 쓰면서 체력을 키우면 자연스럽게 자신감이 생기고, 겨루기나 격파를 하면서 용기도 얻을 수 있다고 생각했다. 물론 여섯살 때부터 2년 동안 태권도에 매진했던 내 경험에 근거한 주장이다. 딸 수안이도 2년 넘게 재기발랄한 태권 소녀로 활약했다. 그런데 태권도를 배운다는 것 자체에도 정안이에게 용기가 필요했고, 설득에 실패했다.

우연히 동네 형, 동생이 합기도를 한다는 소식을 듣고 방향을 틀었다. 정안이에겐 그들의 존재 자체가 큰 힘이 됐나 보다. 재미 삼아 한 번 갔다 오더니, 한번 다녀보겠다는 단호한 결정을 내린 것이다. 얼마 지나지 않아 아들은 기초 1령, 2령이라고 하는 품새를 집에서 연습하고, 사범님이 보내준 동영상을 틀어놓고 쌍절곤 동작도 복습했다. 아직 몸은 흐

느적거리고, 쌍절곤은 주로 자신의 몸을 때리지만, 이소룡처럼 웃옷을 벗고 연습하는 걸 보면 나름 진지했다.

얼마 전 가족여행으로 갔던 제주도의 여미지 식물원. 관람을 모두 마치고 나오는데, 종이에 소원을 써서 나무에 거는 체험이 있었다. 정안이의 올해 단 하나의 소원은, '합기도 검은 띠 따게 해주세요.'였다. 합기도 검은 띠 정도면, 많이 용감해지겠지?

2.
정안이가 초등학교에 입학했을 무렵 무심한 듯 가끔 물었다.

"친구 생겼어?"
"아니, 아직."
"맘에 드는 애 없어?"
"있긴 한데, 말을 안 했어."
"한번 먼저 해봐, 친구하자고."
"싫어, 쑥스러워."

몇 번을 무심하게 지나쳐 듣는 척하다가 하루는 조금
진지하게 얘기했다.

"정안아, 용기를 내서 한번 말해봐. 그럼 그 친구도 좋아
할 거야."
"알았어, 한번 해볼게."

1주일 정도가 흘렀다.

"아빠, 친구 한 명 생겼어."
"어 그래? 뭐라고 했어?"
"우리 친구할래?"
"그랬더니?"
"'그래, 좋아' 하더라."
"거봐, 그럼 다른 애한테도 해봐, 마음이 맞는 애 있으면."

또 며칠이 지났다.

"친구 또 생겼어?"
"한 명 더 생겼는데, 내가 친구하자고 했어."
"이번에도 쑥스러웠어?"

"한 번 해보니까, 조금 쑥스러웠어. 아직 이 친구랑은 많이 얘기하지 않고, 지난 번에 그 친구랑은 얘기 많이 해."

그 또래 아이들이야 시간이 지나면 알아서 친구도 생기고, 잘 놀 테지만 코로나19 때문에 학교에서 떠들고 장난칠 시간이 없던 시절이었다. 그러니 1학년들에게 학기 초에 자연스럽게 친구를 만들기가 쉽지 않은 상황이었다. 쑥스럽기도 하고 '먼저 말을 할까, 말까?' 내적인 동요도 있었을 텐데, 그래도 잘 따라준 아들에게 고마웠다. 그저 아직 덜 자란 마음에, 조금 부족해 보이는 용기 한 스푼 더해졌다면 아빠의 주책없는 채근이 의미가 있을 것 같다.

20년 뒤,
　　아들과
　　친구 되기

　　새해 들어 또 한 살을 먹었다. 정확하지 않지
만 몇 년 전부터는 가끔 내 나이를 틀리게 기억한다.
정확하게 한두 살 적게 기억하는 게 맞겠다. 내 시간
이 과거에 얽매여 있거나, 나이 듦을 인정하고 싶지
않은 욕구가 무의식을 지배하는 거 같다.
　　새해 첫날 한 살 더 먹은 아들을 마주했다.
정확하게 나와는 40살 차이. 그래서 장난을 걸었다.

"정안이가 한 살씩 나이를 먹을 때, 아빠는 한 살씩 빼는
　걸로 하자. 그러면 우리는 딱 20년 뒤에 정말 친구가 될
　수 있어."

황당한 제안이었지만 아들이 좋아했다. 나도 잠깐
즐거운 상상을 한다.

'푸릇한 봄날, 푸릇한 20대 청춘 둘이 만난다.'

"야, 잘 지냈어?"
"오늘 뭐하고 놀까?"
"너 잘생겨졌는데?"
"너도 만만치 않아."

한참을 이러고 놀다가 다시 아들에게 얘기했다.

"아빠가 20년 뒤 60대가 되더라도, 너의 친한 친구가 되
어 줄게."

나는 100배 더 사랑하니까

딸에게 생일 선물로 시집을 받았다.
1학년 때부터 쓴 자작시 10여 편이 담겼다.
제목을 보는 순간 눈물이 핑 돌았다.
이런 걸 감동이라고 한다.

졸려도
일어났다.
엄마는 100배 더
졸리니까

힘들어도
포기하지 않았다.
아빠는 100배 더
힘드니까

갖고 싶어도
사달라고 하지 않았다.
동생은 100배 더
갖고 싶으니까

가족들이 사랑한다고 말했다.

나도 사랑한다고 말했다.

나는 100배 더 사랑하니까

감리가
필요해

직장생활을 25년째 한 회사에서 하고 있다.
스물일곱 살 대학을 졸업하던 해에
YTN에 운명처럼 입사해 많은 공정을 거치면서 25년째 집을 짓고 있다.
완공을 하려면 10년 남짓 남았으니,
지금은 외장을 마치고 내장 공사쯤 돌입한 것 같다.
돌이켜 보면 각 공정마다 부실의 위험이 늘 존재했는데,
감리를 잘해준 동료와 선배들 덕분에 아직 무너지지 않은 것 같다.
반백 년째 살아가고 있는 인생에서도 마찬가지일 게다.

보통은 집을 짓는 공정에 맞춰 예산 계획을 잡지만 우리는 그러지 못했다. 거꾸로 예산 집행 일정에 집을 짓는 스케줄을 맞췄다. 살고 있던 아파트를 매도하고, 그 계약금으로 땅을 구입한 계약금 20퍼센트를 치렀다. 물론 나머지 80퍼센트는 은행의 도움으로. 그리고 무모했음을 뒤늦게 깨달은, 한 달의 설계 과정을 거쳐 바로 땅을 팠다. 그런 후에 매도한 아파트의 중도금을 받아 공사 착수금을 치렀다. 매도한 아파트에 새 주인이 들어올 때까지 남은 기간은 석 달 반 정도. 어떻게든 이 집은 그 안에 공사를 끝내야 했다.

땅을 팠으니 기초 지반 공사를 하고, 그 위에 거푸집과 골조를 세우고, 콘크리트를 타설하고 양생하는 과정을 거쳤다. 그런데 계절이 겨울인지라 콘크리트가 잘 마르지 않았다. 공기工期:공사기한는 다가오고,

223

마음은 초조했다. 건물 안에 불을 지펴가며 콘크리트를 말렸지만, 콘크리트는 안 마르고 침이 말랐다. 건물 안에 지핀 불은, 하루하루 애를 태웠다.

다행인 건, 경험이 많고 마음이 따뜻한 반장님을 만난 거다. 젊었을 때 여러 채의 집을 지으셨다는데, 본인 집을 짓듯 꼼꼼하게 일을 해주셨다. 때깔 좋은 싱싱한 철근을 저렇게나 많이 넣어야 하나를 건축주가 의심할 정도로 정직하게 집을 지으셨다. 덕분에 수도와 전기, 난방 등 설비 공사와 외벽과 내벽, 창호 공사 등이 큰 무리 없이 진행됐다. 다음은 지붕과 내부 바닥 공사, 그리고 주방 기구들이 들어오고 붙박이장을 설치하고 벽지를 바르고, 세세한 인테리어 공사를 진행했다. 어느 공정 하나도 중요하지 않은 게 없었다. 깊이 반성하건대, 모든 공정마다 건축주의 세심한 관심과 때로는 당당한 요구가 필요하다. 그렇지 않으면 나중에 책임 소재를 놓고 분란이 일어

날 수 있고, 실제로 이런 문제로 중간에 공사가 중단된 집들을 우리 마을에서도 종종 봤다. 그런데 그 모든 과정에서의 세심한 관심과 당당한 요구를, 내가 아닌 아내가 전담했다.

우리는 나름 최선을 다해 불을 지펴가며, 마음을 태워가며 달렸지만, 2주일여 동안 집도 절도 없는 신세가 됐다. 매도한 집엔 새 주인이 들어왔고, 우리 집은 아직 미완성이었다. 그래도 2주라서 얼마나 다행인지 모른다. 기초, 골조, 설비, 외장, 내장할 것 없이 뭐 하나에라도 문제가 생겼다면, 우린 정말 절로 갔을 수도 있었다.

입주하기 전 마지막 절차는 감리다. 전문 감리사가 방문해서 집이 정해진 크기와 높이에 맞게 지어졌는지, 부실한 곳은 없는지, 설계도와 어긋난 곳은 없는지를 꼼꼼히 점검하고 문제없음을 확인해줘야 드디어 이 집에서 살 수 있는 것이다. 다행히 감리를 한 번에 통과했고, 우리는 아슬아슬했던 '집 팔고 땅 사고, 집 짓는' 6개월짜리 대형 프로젝트를 마무리했다.

　　직장생활을 25년째 한 회사에서 하고 있다. 스물일곱 살 대학을 졸업하던 해에 YTN에 운명처럼 입사해 많은 공정을 거치면서 25년째 집을 짓고 있다. 완공을 하려면 10년 남짓 남았으니, 지금은 외장을 마치고 내장 공사쯤 돌입한 것 같다. 돌이켜 보면 각 공정마다 부실의 위험이 늘 존재했는데, 감리를 잘해준 동료와 선배들 덕분에 아직 무너지지 않은 것 같다. 반백 년째 살아가고 있는 인생에서도 마찬가지일 게다. 때로는 부모님이, 가족이, 친구들이, 내가 웬만한 비바람에 흔들리기 전에 미리미리 꼼꼼하게 살펴주고 채워줬기에 그동안 최소한 부실 공사는 막을 수 있었던 것 같다.

227

네가
　그 자리에
　　있는 이유

　　가끔 인생 상담 요청하는 후배들이 있다. 동
갑내기로 친구처럼 생각하는 A후배는 회사에서 자리
가 올라갈수록 주변에서 느끼는 냉소와 무관심에 가
끔 지친다는 고민을 털어놓았다. 얼마 뒤 독서량이
가장 많은 B후배는 최근에 맡은 중요한 프로젝트를
과연 잘 해낼 수 있을지 자신이 없다는 고민을 얘기
했다.

"네가 지금 그 자리에 있는 건, 그동안의 시간과 노력과
　지지가 있었기 때문이야. 그러니 그냥 너를 믿고 자신
　감 있게 해봐."

내 말이 1미터를 천천히 날아가 마주 앉은 후배의 마음에 닿았다.

그 위로는 사실 얼마 전 나에게 했던 말이었다. 갑자기 맡게 된 대선 경선 토론회. 팀원들과 함께 열심히 준비했다. 생방송 30분 전, 전혀 긴장하지 않았다는 표정으로, 다소 긴장하고 있는 후보들에게 주의 사항을 전달하고, 간단한 리허설을 마쳤다. 그런데 방송 5분 전, 갑자기 긴장감이 몰려오는 걸 느꼈다. 심장이 너무 빨리 뛰어서 입이 마비될 것만 같았다. 걱정은 불안을 낳았고, 불안은 다시 자존감을 무너뜨렸다. 그때 눈을 감고 생각했다.

"네가 여기 앉아 있는 건, 네가 느끼지 못했지만 그동안 의 시간과 노력이 쌓인 것이고, 그 위에 너를 믿어준 주 변 사람들의 지지가 있기 때문이야."

뒤늦게 생각해 보면 아마 이 프로젝트를 준비하면서 나도 모르게 수십 번 마음에 새겼던 말이었던 것 같다. 아무도 그렇게 말해주지 않았지만, 그 근거 없을 생각 때문에 후배들에게 별거 아니라고, 쫄지 말라고 얘기했던 것 같다.

　　덕분에 두려움 대신 자신감이 생겼고, 심장 박동은 생방송이 시작된다는 후배의 큐사인에 맞춰 정상으로 돌아왔다. 그리고 최대한 여유 있는 척, 살짝 웃음을 머금었지만 진지한 목소리와 톤으로 오프닝을 할 수 있었다. 이런 생방송을 해본 사람들은 안다. 1~2분, 길어야 3~4분 동안의 오프닝을 하고, 마음에서 '괜찮았다, 잘했다'는 생각이 들면 두 시간, 세 시간의 생방송도 너끈히 잘 해낼 수 있다는 걸 직감한다. B후배는 그때 눈물로 답했고, 일을 잘 해냈다. 나도 내 직감처럼 그럭저럭 잘 해냈던 것 같다.

배신에
　　대처하는
　　　　　올바른 자세

　　커다란 배신. 누구나 살다 보면 그런 일을 겪
는다. 나도 그랬다. 여기서 커다랗다는 건 한 일주일
을 생각해도 도저히 납득이 안 가고, 상처가 깊어지
는 정도의 배신이라고 하자.

　　무엇이 현명한 해결책인가? 가슴으로 정리가
안 되는 일은 일단 머리로 정리를 해야 답이 나올 것
같아 해결책을 찾아보았다. 먼저 시간? 오래 걸릴 것
같았다. 그리고 세월 속의 무언가가 잠시 고통을 잊
게 만드는 것일 뿐, 그래서 불현듯 그 기억과 마주하
게 되면 다시 세월을 뚫고 분노가 솟아오를 수도 있

다. 주변 사람들의 시간이 해결해 줄 거라는 '3자의 관점'에서의 위로는 그래서 대체로 마음을 겉돌 뿐이다. 그렇다면 회피? 이것도 그리 좋아 보이진 않는다. 단어 자체가 비겁하다. 잘 피해지지 않을 것도 같다. 복수는 어떤가? 마구 상상한다. 그래서 박찬욱 감독도 이걸 3부작으로 만들었나? 그런데 어찌해야 하나? 난, 그리고 우리는 그리 독하지 못하고 치밀한 시나리오도 없는데. 좀 폭력적일 것도 같아, 그래도 대체로 합법적인 삶을 견지해 온 우리완 어울리지 않는다.

다시 시간? 아니다. 조금 바꿔 생각해서 몰두? 미친 듯이 무언가에 몰두할 수 있다면 이겨낼 수 있지 않을까? 그걸 찾으면 되겠다. 괜찮은 방법 같긴 한데 그저 회피의 다른 말 아닐까? 그렇다면 시간을 들여 잠시 회피하고 무언가에 몰두하고 그래도 심장이 이렇게 계속 뛰면 그럴듯한 복수의 방법을 찾아볼까?

이렇게라도 정리를 하고 보니, 조금은 나아진 기분이다. 마음이 복잡할 땐, 복잡한 마음을 하나하나 해체해 적어도 보고, 해결책을 우리가 아는 단어로 정리해 보는 게 도움이 된다. 내가 가끔 글을 쓰는 이유이기도 하다.

신촌블루스

살다 보면 힘든 일이 불쑥불쑥 찾아온다. 누구에게나. 그럴 때 위로가 되는 건, 그 사람의 존재감과 효능감을 인정해주는 한마디다. 의외로.

겨울의 초입, 신촌을 걸었다. 오늘 신촌은 봄같았다. 공기가 따뜻하고, 심지어 해가 졌는데 아지랑이가 피어오르는 것 같았다. 이런 감성 때문에 신촌은 우리 가요계에 자주 등장하는 건가? 한영애, 김현식, 김현철, 이은미가 거쳐갔고, 내가 요즘 유일하게 시청하는 <싱어게인3>의 25호 가수 강성희가 머물고 있는 신촌블루스부터, '룰루랄라 신촌을~.' 이렇

게 시작하는 가사가 정겨운 일기예보의 <좋아 좋아>,
정승환이 오디션 프로그램에서 불러서 더 화제가 된
포스트맨의 <신촌을 못 가> 등이 떠올랐다.

　　　살다 보면 내가 겪고 있는 상황과 걷고 있는
거리 풍경이 우연처럼 그 질감에서 비슷하게 느껴질
때가 있다. 그래서 내가 아마 겨울처럼 차가운 마음
에서 잠시 봄을 느꼈던 요즘, 나를 거쳐 간 사람들과,
초겨울에 아지랑이가 피어오를 것 같았던 오늘의 신
촌을 비슷한 감정으로 받아들이고 있었던 것 같다.

　　　그래서 난 내게 힘이 돼준 사람들을 떠올렸
고, 쿨하게 그저 고맙다고 적어 보냈다. 귀로는 일기
예보의 <좋아 좋아>와 신촌블루스의 <아쉬움>, 김현
철의 <동네> 등을 곁들였다. 오늘 신촌의 봄날 같은
풍경과 떠오른 노래가 고마웠다. 언젠가 다시 찾으
리. 초겨울 밤, 손에 잡히지 않는 아득한 위로의 아지
랑이가 피어올랐던 신촌. 이렇게 아쉬움을 뒤로 하고
신촌을 떠났다.

별빛같은 너의 눈망울에 이슬 방울 맺힐 때, 마주잡은 너

의 두 손에는 안타까운 마음뿐.

신촌블루스의 <아쉬움> 중 한 대목이다.

빨래
개기

집안일 가운데 가장 자신 있는 게 빨래 개기
다. OECD 기준보다 까다로운 아내의 예리한 눈에도
모자람이 없을 정도이니 자랑해도 될 듯하다. 내용은
이렇다. 두 번을 접든 세 번을 접든, 다 접었을 때 비
슷한 크기가 될 수 있게 모양을 잘 잡아야 한다. 여기
서 주의해야 할 건 주름이다. 티셔츠의 경우 일단 세
로로 반을 접으면 입었을 때 보기 싫은 주름이 지기
일쑤다. 그건 고수의 손놀림이 아닌 것이다.

형식도 중요하다. 가족이 넷이니 일단 네 분
류로 나누고, 겉옷과 속옷으로 다시 구분해서 여덟

개의 모듬으로 구분해 차곡차곡 쌓는다. 그래야 이걸 다시 옷장에 넣을 때 편하다. 다 접었을 때 깔끔한 직사각형 모양이 잘 잡히게, 조금씩 옷감이 삐져나오는 것도 조심해야 한다. 그렇지 않으면 다시 처음으로 돌아갈 일이 많아지고, 시간도 손해다.

빨래 개기와 함께하기 좋은 건 야구 시청이다. 야구는 다른 스포츠와 비교해 중간에 눈을 자주 떼도 맥락을 놓치지 않을 수 있는 장점이 있다. 볼이 멈춰져 있는 시간이 많기 때문인데 이것이 야구의 매력이다. 그래서 야구를 보며 빨래를 개면 일단 무언가 집안일을 하고 있다는 것에 뿌듯하고, 아내에게도 떳떳하다. '일타쌍피, 일석이조, 가성비 짱!' 경기 시간도 세 시간이 넘어서 아무리 밀린 빨래가 많아도 야구를 이길 순 없다.

빨래 개기는 가끔 마음의 진정제 역할도 한다. 깨끗하게 세탁된 빨래를 접다 보면 마음이 편안해진다. 마치 귀에 익은 클래식 음악을 혼자 듣고 있을 때처럼 머리가 개운해지고 걱정의 농도는 조금 옅어진다. 아홉 살 딸 바지를 개면서 '피식' 웃음이 새어 나왔던 적이 있다. 얼마 전까지 3등분으로 접으면 될 길이였는데, 두 번을 포개서 개야 할 정도로 바지가 훌쩍 자라 있었던 거다. '아, 우리 딸이 이렇게 컸구나.'라는 유쾌한 놀라움과 깨달음. 오랜 세월 빨래 개기에 매진한 결과 얻은 소중한 감정이라 참 뿌듯했다.

풀리지 않는
　　연승과 연패의
　　비밀

　　골프황제 타이거 우즈도 슬럼프를 겪었고,
약 20년 동안 남자 테니스계를 주름잡고 있는 '빅3'
페더러와 나달, 조코비치도 통산 승률은 80퍼센트를
조금 넘는 수준이다. 역사상 가장 뛰어난 복싱 선수
로 꼽히는 무하마드 알리나 마이크 타이슨도 더러 패
했다. "내가 무너지면 멕시코가 무너진다."라고 큰
소리를 쳤던 멕시코 복싱 영웅 훌리오 차베스의 연승
기록도 87경기에서 그쳤다.
　　그런데 도통 깨지지 않은 연승 기록이 있다.
주인공은 대단한 승부사인데, 의외로 연승 기록을 이
어가고 있는 선수가 꽤 많은가 보다. 대체로 상대보

다 체급이 낮고, 힘도 약한 데도 말이다. 단기전 장기전에 모두 강하고, 특히 심리전에선 아주 탁월한 기술을 지녔다는 공통점이 있다. 패자 입장에선 치밀하게 데이터를 분석해도 소용이 없고, 유능하다는 코치의 조언을 들어도 대부분 역공을 당하고 만다. 그렇다면 이기려는 마음을 품지 말아야 하는가? 경기를 포기하란 말인가? 대한민국 남편들의 해결되지 않는 고민은 깊어만 간다.

참고로 운동선수 가운데 가장 오랫동안 지지 않은 주인공은 파키스탄의 스쿼시 스타 자한기르 칸인데, 열일곱 살 때인 1981년부터 5년 8개월 동안 국내대회와 국제대회를 합쳐 555연승을 했다. 헌데 찾아보면 이 기록을 뛰어넘는 선수도 주변에 있을 것 같다. 그것도 한 선수만을 상대로 거둔 연승 기록으로.

로또와
아이 옷

　　요즘 우스갯소리로 배우자를 '로또'라고 한
다. 큰 기대는 마시라. 잘 안 맞는다는 얘기다. 어찌
보면 당연한 거다. 서로 다른 환경에서 30년 정도를
살던 두 사람이 한 집에 같이 살려니 잘 맞는 게 오히
려 이상하지 않겠는가? 식성, 소비 습성, 시간 관념,
청결 수준, 좋아하는 텔레비전 프로그램까지 안 맞는
거 투성이다. 물론 우리 부부도 마찬가지다.

　　아이들은 '1년 지난 옷'으로 비유하면 될까?
역시 안 맞는다. 밥 먹는 것, 자는 것, 씻는 것 등등
좋아하는 것 하면서 놀 때 빼고는 다 부모의 일이다.

그것도 마음먹은 대로 되는 게 없기 때문에 참 고된 업무다. 부모의 성격과 취향, 외모, 기호를 갖고 태어나지만 아이들도 자라면서 '부모가 자랐을 때와는 다른' 새로운 세상에 적응하며 새로운 자아가 만들어진다. 그러니 역시 안 맞을 수밖에.

　　로또 안 맞는 거 맞추는 거야 확률적으로 불가능한 일 아니겠는가? 하지만 옷이야 늘려서라도 맞출 수 있다. 한 번 더 얘기하고, 더 세심하게 살피고, 조금 더 공부하고. 아이가 자라는 만큼 아이를 바라보는 우리 마음의 옷을, 우리 생각의 옷을 조금씩 재단해 맞춰보자. 한 살씩 더 먹을 때마다 더 큰 옷이 필요해지지 않을 정도로 아이가 자랄 때까지만이라도. 나의 다짐이다.

서울시청
도서관에서

　　점심시간에 짬을 내 서울시청 도서관에 갔다. 옛 서울시청이 언제부터 이렇게 변했는지 모르겠지만, 무료로 편하게 책을 빌려 읽을 수 있는 곳이 이렇게 서울 한복판에 있다는 건, 내가 선진국 시민 같아 뿌듯했다. 정말 놀라운 건, 절반 이상이 나이 지긋한 어르신들이었다. 나의 윗세대들이 이렇게 책을 좋아하셨다니, 내가 선진국 시민의 후예 같아 또 뿌듯했다. 진실은 디테일에 있지 않나? 다 책에 묻혀있진 않으셨다. 한쪽은 졸고 계셨고, 또 한쪽은 유튜브를 켜고 졸고 계셨다. 서울 한복판의 도서관은 그저 그들의 머물 곳이었나? 다행이었지만 조금 쓸쓸했다.

나도 그럴 것 같아서.

'살아가는 건 사라지는 것'이라고, 최근에 읽은 책에서 밑줄 그은 내용이다. 그리고 우리는 어떻게 잘 죽을까가 아니라, 어떻게 끝까지 잘 살 것인가를 더 고민해야 한단다. 사라지는 것들을 웃으면서 잘 떠나보내며.

선진국 시민임이 분명한 저분들의 생각이 궁금했다. 졸고 계시든, 유튜브를 보며 졸고 계시든, 그래도 바람 차가운 겨울의 초입에 서울 한복판 도서관을 찾는 분들은 매일 사라지면서도 뭔가를 채워가시니, 그래서 웃으며 떠나보낼 게 많은 분들이니 행복한 거겠지.

남편으로서 세상 사는 게 힘든 이유

육아를 경험한 40대 이상의 여성들이 남편들에게 크게 실망하고, 심지어 마음을 닫는 건 자신은 '너무, 너무, 너무' '트리플 너무'로 힘든데, 그 남편은 '조금' 힘들어 놓고 '나도 힘들어'라고 생각하기 때문이다. 생각만 하면 그나마 다행인데, 그걸 굳이 아내에게 얘기하고, 이해해주길 바라기 때문이다. 또 이해 안 해주면 그러려니 하면 되는데 굳이 이해를 안 해준다고 서운해하기 때문이다.

그나마 나는 50이 넘어서 이러한 '육아 세계의 만고의 진리'를 깨달았으니 조금 낫다고 생각하는데, 또 '나만의 착각'일 뿐이니 이 창백한 푸른 점에서 그럭저럭 평화롭게 살아간다는 게, 참으로 쉽지 않은 일이다.

그래,
이 빛나는 회색주의

나는 왜 집을 지었을까?
'좀 다르게 살고 싶어서'가 정답에 가까울 것 같다.
더 솔직해지자면 일반적으로 처음 만나서 하게 되는
다섯 번째 안에 드는 질문,
"어디에 사세요?"라는 물음에
그래도 '폼나게' 대답하고 싶어서였을지도 모르겠다.

'밝은 회색은 지성, 고급스러움, 효율성 등을 상징하며, 어두운 회색은 침울, 성숙, 진지함, 퇴색 등을 의미한다.'

'GRAY', 회색이란 게 그렇다. 검정도 아니고, 흰색도 아니고. 각자 의미를 어떻게 부여하느냐에 따라 달라지는 빛, 달라지는 느낌이다.

　　　　다시 처음으로 돌아가, 나는 왜 집을 지었을까? '좀 다르게 살고 싶어서'가 정답에 가까울 것 같다. 더 솔직해지자면 일반적으로 처음 만나서 하게 되는 다섯 번째 안에 드는 질문, "어디에 사세요?"라는 물음에 그래도 '폼나게' 대답하고 싶어서였을지도 모르겠다. 다행인지 모르겠지만, 집을 짓고 사는 나는, 조금은 다른 삶을 사는 사람이 됐다. 사회에서 나의 정체성을 말해주는 단어를 순서대로 나열하자면 '이경재', 'YTN 기자' 등등을 거쳐 다섯 번째 안에 '단

247

독주택', '한옥마을'이 나올 거다.

　　고등학생 땐 왜 신문방송학과를 선택했을
까? 역시 '좀 다른 학과'를 가고 싶었다. 대학에 가서
는 왜 학교 방송국에 들어갔을까? 당시 연극 동아리
와 학교 방송국 가운데 고민을 했었는데, 어디가 됐
든 '좀 다른 대학 생활'을 하고 싶었다. 왜 방송국에
입사하고 싶었을까? 역시 사회에서도 '좀 다른 일'을
하고 싶었다. '적당히 이름과 얼굴을 알릴 수 있고,
단조롭지 않고, 활동적이고' 이런 세속적인 이유가,
'사회의 공기로서 이 사회가 조금이라도 올바른 방향
으로 바뀌는 데 숟가락이라도 살짝 얹고 싶다.'는 저
널리스트로서의 사명감보다 많이 앞서 있었다.

　　이율배반적이다. 집을 지은 것도, 인생을 이
렇게 짓고 있는 것도, 검은색도 흰색도, 무엇도 놓치
고 싶지 않았던 것 같다. 과도하게 세속적인 건 비난

248

하면서도 적당히 세속적인 데서 편안함을 찾고, 평범한 건 싫지만 튀어 보이는 것도 원치 않는, 요즘 드는 이런 생각이 아주 적확한 예일 거다.

'우리 아이들이 공부로 인한 스트레스를 덜 받고, 이 사회의 과도한 경쟁에서 상처받지 않기를 바라지만, 그렇다고 좋은 대학에는 들어갔으면 하는 마음.'

이런 걸 '회색 주의'라 나 혼자 명명한다. 검정이 맞는 것도 같고 흰색이 맞는 것도 같지만, 둘 다 포기하지 않고, 때에 따라 검정을 더 칠하기도 하고, 흰색을 덧입히고도 하면서 살아가는 것. 다만, 시간이 흘러 그래이집 외장에 붙인 회색 타일이 깨지거나 때가 묻으면 바로바로 새 걸로 바꿔주고 닦아줘야 하듯이 내가 명명한 '회색 주의'도 가능하면 빛나는 회색이 될 수 있게 정성껏 보살피며 살고 싶다.

친애하는
　　나의
　　그래이집에게

　　얼마 전, 아들만 데리고 대전에 내려가 엄마
를 만나고 왔다. 누나, 동생과 함께 식장산 초입에서
송어회를 먹었다. 오가는 길에 어릴 적 동네를 지났
다. 어릴 적 시간이 떠올랐고 추억이 소환됐다. 오전
에만 장사를 했던 '도깨비 시장'이 대단지 아파트로
바뀐 게 가장 생경했다. 초등학교 다닐 때부터 대학
시절에도 엄마와 도깨비 시장을 함께 갔던 기억은 여
러 색의 어렴풋한 편린으로 남아있다. 그 도깨비 시
장이 있었던 신흥동과 대동, 그리고 도랑으로 이어
지던 용운동은 우리 가족이 83년부터 20년 동안 살던
곳이었다. 서울을 급하게 떠나온 우리가 오랫동안 가

난과 마주했고, 저마다의 방식으로 버텨냈던, 역사적인 공간이었다. 그래서였을 거다. 그날 차 안엔 한동안 침묵이 흘렀고, 우린 각자 지점은 달랐겠지만 그 역사의 한 부분을 말 없이 끄집어내었다.

올해 마지막으로 읽은 책은 하재영 작가의 『친애하는 나의 집에게』였다. 어렸을 때 대구 수성구의 고급주택 '명문빌라'부터 20대 때 전전했던 이름 모를 원룸과 다가구 주택을 거쳐 다시 일어설 힘을 얻었던 고양 행신동 빌라와 이 책을 집필한 서울 구기동 빌라까지, 작가가 지내온 시절을 솔직하고 담백하게 펼쳐놓은 글이다.

집이 기억의 일부로서 나의 서사를 형성하고, 집에서 바라 본 장소가 삶의 배경을, 그 배경이 나의 취향과 관점과 사고방식을 형성한다.

어쩌면 친애하는 집을 찾아다니는 작가의 모습에서 나를 반추했던 것 같다.

'그래이집'에서 또 한 해를 보냈다. 지구가 태양을 365일만에 한 바퀴를 돌아 결국 1년, 열두 달이라는 인생의 마디가 생겨난 것이 참 경이롭다는 생각을 했다. 1년이 조금 더 길었다면 시간의 흐름이 지루했을 것 같고, 짧았다면 모든 게 급해졌을 거다. 올해 생긴 50번째 인생 마디는 좀 더 깊게 새겨졌을 것 같다. 그만큼 많이 생각했고, 경험했고, 성찰한 거라 여기고 내년에 좀 더 성숙해지고 숙성된 사람이 되어야겠다는 다짐을 했다. 집도 생명체와 같을진데, 40대 이후 나의 배경이 돼 주고, 나의 서사를 만들어준 '그래이집'도 잘 가꿔나가야겠다. 물론 그 구성원들도 모두 건강하고 행복하길, 그래서 1년 뒤엔 저마다 뜻깊은 인생의 마디를 새기길 바라며.

사직 이용원과
연신내 진국수

　　아침에 거울을 보는데 옆머리가 너무 덥수룩
했다. 일을 보고 있던 경복궁 근처에서 잠깐 짬을 내
서 미용실을 가려 했는데, 일곱 군데 전화를 돌려도
저녁이 돼야 그 덥수룩한 옆머리를 안 덥수룩하게 깎
을 수 있다고 했다. 그런대 내 옆머리만큼이나 고전
적인 스타일의 이발소가 눈에 들어왔다. 프랑스 국기
에서 자유와 평화, 박애를 상징하는 빨강과 흰색, 파
랑, 삼색이 뫼비우스의 띠처럼 계속 돌아가는 등이
'자유롭고 평화롭고 박애 정신까지 갖추어 영업 중'
임을 알리고 있었고, 그 옆엔 낡고 낡은 초록색과 주
황색 수건이 널려 있었다. 이런 이발소가 프랑스 혁

명 때도 아니고, K-미용이 전 세계를 주름잡는 이 시대, 서울 시내 한복판에서 호기롭게 여전히 사업을 영위하고 있다니, 호기심이 날 끌어 당겼다. 중이 제 머리 못 깎는다고, 그 겉모습 만큼 고전적인 머리 스타일을 한 나이 지긋하신 이용사 한 분과 그분을 도와 마치 10년 뒤쯤엔 이 이발소를 이어받을 것만 같은 젊은 예비 이용사 한 분이 날, 심심하게 맞아주었다. 표리부동이 아니라, '표리정동'일까? 세월이 족히 30년은 빗겨 간 가게의 겉모습처럼 이발소의 내부도, 의자와 거울, 머리를 감는 세면대까지, '응답하라 1994' 내지 '1988' 정도에 머물러 있었다. 불안하긴 했지만 정겹기도 했고, 때마침 첫눈까지 내려 남자 셋이 잠깐 머문 이발소의 풍경은 운치 있었다. 80년대 중반 초등학교 때 다녔던 대전시 동구 신흥동의 버스터미널 근처 이발소가 떠오르기도 했다. 각자 만족의 기준이 다르겠지만 커트의 결과는 그냥 놀랍지 않은 정도. 커트 가격도 딱 예상한 수준으로 13,000원이었다. 다시 찾게 될지는 모르겠지만 내 옆머리가 덥수룩해지면 '커트 전문 사직 이용원'은, 그 옆머리 안에 위치한 전두엽에서 자주 떠올려줄 것 같았다. 실력인지, 가격인지, 추억인지, 아니면 운치인지 모르겠지만 손님은 끊이지 않고 들어왔다.

그 시절에 응답은 왜 자꾸 해야 하는지, 얼마 전 찾은 홍대 옆 산울림소극장 근처 '철길 왕갈비살'도 여전히 고전적인 스타일을 잘 유지하고 있었다. 세계 평화에 이바지하고, 우리 사회의 시민 의식을 한 단계 발전시켰던 88올림픽처럼 꼭 보존해야 할 가치가 있는 '홍대 거리의 레거시'인 양. '아, 그 옛날 난 이곳에서 참 많은 인연을 만나 수작酬酌 : 서로 술잔을 주고 받음을 하며 수작남의 말이나 행동을 하찮고 좋지 않은 것으로 여겨 이르는 말을 부렸었지.', '그대들은 다 잘 있는가?'

길게 썰어 나온 갈빗살은 여전히 씹을수록 고소했고, 이 가게의 시그니처인 감자와 두부를 큼직하게 넣은 '서비스 된장찌개', 이 맛도 변치 않고 깊고 진했다. 추가로 1인분을 더 시키면 처음 주문한 2인분만큼 주는 영업전략도 바뀌지 않았다. '첫 2인분을 일부러 1.5인분쯤으로 적게 주는 걸까?'에 대한 의심은 그때도 했던 것 같은데, 이것도 보존해야 할 '레거시'이기 때문에 여전히 묻지 않았다.

다음날 점심을 해결하러 들렀던 연서시장의 노포 '진국수'는 기대 이상이었다. '출근길에 꼭 한번 들러봐야겠다.'고 마음만 먹고 있었는데, 때마침 체감온도가 영하 7도까지 내려간 추운 날씨와 전날 술을 먹고 아침을 거른 적당한 허기, 그리고 문틈으로 새어 나오는 분명 국수를 삶을 때 나오는 따뜻한 김 뭉치가, 잠시 바쁠 것 없었던 내 발길을 붙잡았다. 잔치국수 면빨의 익힘과, 비빔국수를 시켰는데 오늘 같은 날은 잔치국수를 먹어야 한다며 옆 테이블 단골에게 강권하시는 사장님의 모습에서 깊은 내공이 느껴졌다. 고명으로 얹은 유부와 부추, 그리고 무심하게 딸려 나온 김치도 단순한 국수의 맛을 헤치지 않는 선에서 적당히 '맛깔'났다. 굳이 김밥을 추가하지 않을 정도로 넉넉한 양에 착한 가격 5,000원.

　　내 옆머리가 덥수룩했던, 첫눈 오던 날의 경복궁 '사직 이용원'처럼 여기도 손님이 끊이지 않았다. 사장님이 좀 덜 추운 날 먹으라던 비빔국수를 비롯해 바지락 칼국수와 감자 만두도, 잠시 바쁠 것 없을 그때 꼭 먹어볼 생각이다.

충주 사과,
　　　　예산 사과

　　　대학 1학년 때 우리랑 같은 해에 학교로 오신 교수님. 수업은 재밌었고 유익했고 실험적이었다. 당시만 해도 신문방송학과에서 어느 학교도 도전하지 못했던 스튜디오를 계란판 붙여가며 만들었던 기억은 아직도 동기들의 술자리에서 술안주로 자주 오가는 이야기다.

　　　그 교수님이 은퇴하시고 고향 충주로 내려가서 농부가 되셨다. 4년 만에 다시 가본 서림농원은, '우와!' 나무마다 사과가 두 배씩은 열린 것 같았다. 4년 만에 명실공히, 자타 공인, 사과 장인에 오르신 교수님의 노력과 감각에 그저 감탄만 나왔다. 사과나무

만큼 자란 아들과 사과를 따며 그렇게 즐거운 한때를
보냈다.

집에 돌아와 오늘 따온 사과도 나눠줄 겸 이
웃집에 들러 저녁을 함께 먹었다. 그런데 이웃집 형
이 먹던 술이 다 떨어졌다며 꺼낸 게 '추사40'이었다.
맛과 향이 코로나 때 아껴 마셨던 발베니 이상이었
다. 김정희가 제주 유배 이후에 완성한 그 추사체만
큼 강렬하면서 자유로웠다. 술기운이 조금 올라오자
기분엔, 추사40에 담근 내 세 치 혀로 추사의 글을 쓸
수 있을 것도 같았다. 이 추사40의 정체는 바로 예산
사과. 예산에서 키운 사과의 발효액을 두 번 증류해 3
년 동안 오크통에서 숙성해 만든다고 한다. 가을 사
과여서 '추사'란 뜻도 지녔다고 했다.

아, 이게 무슨 사과의 빛나는 향연인가! 충청
을 횡단하는 만추의 앙상블인가! 낮에는 충주 사과
로, 밤에는 예산 사과로 행복했다. 충주 사과처럼 넉
넉한 마음으로 사과를 받아줄 수 있다면…. 예산 사
과 같은 깊은 풍미를 담아 진심으로 사과할 수 있다
면….

고속도로
로망스

　　7년을 함께 지내다 1년여 전 제주에서 눈물을 훔치며 헤어졌던 그녀를, 까맣게 잊고 지내다 시속 100킬로미터로 달리는 중부고속도로 한가운데에서 다시 만날 확률은?

　　아들과 충주에 있는 농원에서 사과를 따고 고속도로를 타고 올라오는 주말 오후였다. 적당히 도로가 막혀 달리다 서다를 반복하는데, 옆 차로에서 눈에 익은 차 한 대가 지나갔다. 내 눈에는 아. 주. 천. 천. 히. 당당한 얼굴과 아름다운 뒷모습, 불그스름한 피부색, 나를 제외한 가족이 1년간 제주에 머물면서 함께 바다를 건넜던, 그리고 1년 뒤에 새 주인을 만나

261

제주에 두고 왔던 그 차였다. 국내에 많지 않은 차종에, 색까지 독특한데 내가 중고차로 인수할 때 붙여줬던 번호까지 그대로여서 확신할 수 있었다.

조금 위험하긴 했지만 나는 최대한 안전을 유지하면서 그 차를 따라가 사진 몇 장을 찍었다. 제주에서 이 차를 눈물로 떠나보냈던 아들은, 이 놀라운 우연에 연신 감탄했다. 더는 서로 가는 길이 달라 10분 남짓 옆에서 바라보다 헤어졌지만, 아들과 나에겐 잊지 못할 '고속도로 로맨스'였다. 이렇게라도 한 번쯤 다시 보고 싶은 누군가가 있나요? 주말 오후 중부고속도로를 추천합니다!

'오뎅'에 대한
추억

　　술을 한잔 걸치고 집에 가는 길이면 '오뎅'을 파는 포장마차가 자주 발길을 붙잡는다. -어묵이 우리말이지만, 그냥 나 어릴 땐 오뎅이었다.-학창 시절 오뎅은 가장 가성비가 좋으면서 만족도가 높았던 도시락 반찬이었고 또 간식이었다. 국민학교 때 동네에서 놀다 보면 저녁 무렵 엄마는 구멍가게에서 어묵과 콩나물, 두부를 사오라는 심부름을 많이 시켰다. 다 내가 좋아하는 반찬들이어서 난 천 원짜리 한 장 들고, 기분 좋게 심부름을 했다. 그중에서 '오뎅'을 제일 좋아했는데 아무리 자주 먹어도 질리지 않았다. '오뎅'을 이기는 건, 케첩을 찍 뿌린 계란말이와 줄줄

이 비엔나 소시지 정도였을까? 살짝 계란 옷을 입힌 분홍색 소시지도 살짝 우위를 점했던 것 같다.

고등학생 때 자주 가던 대전대학교 근처 도서관. 그곳에서 공부하다 집에 가는 길에 있었던 포장마차의 사장님은 나에게 가끔 큰 호의를 베풀었다. 당시 오뎅이 100원이었던 것 같은데 가끔 밤 열두 시쯤에 들르면 1,000원에 남은 오뎅을 모두 먹을 수 있었다. 언젠가는 열다섯 개, 운이 좋은 날엔 지금은 경찰이 된 친구와 함께 스무 개도 넘게 먹었던 것 같다. 물론 그 시간까지 팔지 못했으니 오뎅은 눈앞에선 퉁퉁, 입안에선 물컹했다. 그때 사장님은 오뎅은 아무리 먹어도 소화가 잘된다며 우리의 식욕을 북돋아주었다.

오늘도 참새가 방앗간을 지나치지 못하고 모락모락 피어나는 김에 이끌려 오뎅 두 개와 뜨거운 국물로 가볍게 해장을 하고 집에 왔다. 포장마차를 나오려는데 분명 지금까지 독서실에서 공부를 하고 나온 것 같은 고등학생 서넛이 들어와 오뎅을 먹으며 이런저런 얘기를 주고받았다. 나는 이제 30년도 더 지난 용운동 주공아파트 근처 포장마차가 모락모락 피어나는 김 사이로 또렷이 떠올랐다. 그때 오뎅 천 원어치로도 둘이서 배가 부르고 기분 좋았던, 오뎅 국물처럼 뜨거웠던 청춘도.

커뮤니케이션의
온도

두 달 전쯤 우연히 회사 주변 카페에서 맛본 치즈케이크가 참 맛있었다. 비결은 살짝 오븐에 데우는 건데 섭씨 55도가 적당하단다. 요즘 빠져있는 주종은 밀맥주다. 에일보다 더 향긋하고 밝은 황금빛에 가까운 색깔도 맘에 든다. 부드럽고 풍성한 거품은 덤. 냉장고에 보관했다면 마시기 전에 상온에 10분 정도 두었다 마셔야 하는데, 섭씨 10도 정도에서 가장 괜찮은 맛이 나기 때문이다.

휴일 저녁, 혼자 여유롭게 밀맥주 한잔하면서 일상의 커뮤니케이션에서도 적당한 온도가 중요하지 않을까 생각했다. 말하는 게 일인지라 특히 취

재원과 대화할 때 내용과 시간을 연결해 고민하기는
하지만 메시지 내용과 말하려는 대상, 그 대상의 심
적 상태까지 꼼꼼히 따져서 적당한 대화의 온도를 맞
추려고까지 노력한다. 그러니까 주장의 강도와 감정
의 정도, 거기에 적당한 시점을 선택해 커뮤니케이션
한다면 다툼은 줄고 설득력은 높일 수 있지 않을까.
밀맥주와 치즈케이크의 맛에 온도가 중요하듯이 말
이다. 사는 게 너무 머리 아픈가?

따릉이
　　예찬

　　가을부터 따릉이를 타기 시작했다. 점심시간에 짬을 내 동기와 하늘공원을 산책하기 위해 연 3만 원을 내고 앱에 가입했다. 전형적인 레이트어답터 Late-adopter 라 물건이든, 기술이든, 사상이든 받아들이는 게 늦은 편인데 한번 받아들인 건 또 소중하게 생각하는 편이다. 따릉이는 주로 지하철역에서 목적지로 가는 수단으로 이용하는데 여러모로 만족스럽다.

　　일단 5분만 열심히 달려도 허벅지가 뻐근할 정도로 운동 효과가 있고, 회사나 약속 장소에 가는 시간도 단축할 수 있다. 시내 어디든 거치대에 주차

하면 그만이니 이용도 편하다. 그리고 더 중요한 건, 내가 왠지 힙하게 느껴진다는 거다. 지구 온난화를 걱정하며 운동을 즐기면서도 심신이 건강한, 도시의 젊은 아저씨랄까? 꼭 나여서가 아니라 따릉이를 타고 가는 다른 사람에게도 난 그런 선입견을 갖는다. 내가 옷을 좀 신경써서 입은 날엔, 또 그렇게 차려입은 타인들을 보면 선입견은 확신이 되기도 한다. 예를 들어 요즘 밝은 톤의 코듀로이 팬츠에 터틀넥과 누빔 소재의 짙은 색 코트를 받쳐입고, 적당한 운동화나 스니커즈를 신고, 모노톤의 머플러를 두르고, 원색의 백팩을 메고, 마지막으로 따릉이에 오르면, 너무 힙하지 아니한가?! 기온은 낮지만 햇살이 내리고, 바람이 불지 않아 상쾌함을 넘어 상큼한 겨울 오후. 점심 약속 장소에 가기 위해 따릉이를 타고 광화문을 횡단하는 기분도 꽤 좋은데, 꽃이 만발하고 바람이 살랑대는 봄날의 따릉이는 생각만 해도 가슴이 설렌다.

레이트어답터인 나는 기술의 발전이나 새로운 물질의 발견에서 사회의 진보를 잘 느끼지 못한다. 대신 따릉이처럼 누구나 마음만 먹으면 힙해질 수 있는 수단이나 제도에서 내가 사는 사회가 과거보다 발전하고 있음을 실감한다. 설명하고 보니 복지, 공유 경제, 경제 민주화 등의 개념과 맞닿아 있는 것도 같다. 수혜자나 참여자가 조금의 노력이나 비용을 지불하고 실질적인 혜택과 이용의 편리함을 넘어 스스로 힙하다고 느낄 수 있다면, 그 수단과 제도는 성공할 가능성이 높을 것이다.

떡볶이집
　　노부부

"그러지 말라고 제발, 나가지 말라고 제발…."

매일 지나는 출근길, 버스에서 내려 지하철역 입구로 내려가는 모퉁이에 있는 떡볶이집에서 들려온 소리가 내 발길을 세웠다. 족히 일흔은 돼 보이는 할머니가 이른 아침부터 뻘건 떡볶이 소스를 나무 주걱으로 힘겹게 저으며 끓이고 있었고, 할머니보다 연세가 더 위로 보이는 할아버지는 떡볶이 소스만큼 벌건 얼굴로 무심하게 장사 준비를 하고 있었다.

　　물론 바쁜 출근길을 멈춰 세울 만큼 톤이 높았던 목소리의 주인공은 할머니였고, '제발' 하지 말라고 하는 걸 하려던 분은 할아버지였다. 물을 수 없었고, 물어도 안 되기에 난 저간의 사정은 아무 것도 알 수가 없다. 그런데 왜 이렇게 헛웃음이 나는지 대충 이해는 될 것 같았다. 물론 전부는 아니다. 내 주변만 봐도 오히려 남편이 잔소리의 주체가 되고, 아내가 객체가 되는 경우가 더러 있다. 그런데 대부분의 경우 잔소리를 듣는다. 나 같은 착한 남편들이. 헛웃음이 난 건, '나도 저럴까?', '우리 부부도 저렇게 될까?'라는 상상이 꼬리를 물며 자연스럽게 뒤따랐기 때문이다. '아마도 그렇게 되겠지?' 아내에겐 미안하지만 나의 솔직한 답변이다.

    '할아버지는 아침부터 어딜 가려고 했을까?' '할머니 목소리 크기와 '제발'이란 단어가 반복적으로 사용된 걸로 미루어 할아버지는 그, 하지 말라는 걸 한 게 한두 번은 아닐 거야.', '할머니는 그래도 오늘은 할아버지가 본인 얘길 들어줄 걸 기대하고 소리를 질렀을까?', '정작 할아버지는 할머니의 얘기가 제대로 들렸을까?', '저 부부의 삶엔 얼마나 많은 잔소리와 실망, 포기와 화해가 들어 있을까?', '떡이며 어묵, 양배추, 파, 고추장, 물엿 등 수많은 재료로 떡볶이 맛이 우러나는 것처럼, 저 두 분의 '아옹다옹'에도 대략 반백 년 동안 함께한 쓴맛, 단맛, 신맛, 짠맛, 매운맛의 간난신고艱難辛苦가 배어있지 않을까?'

　　할아버지가 웬만하면 오늘은 가고 싶은 데를 제발 안 갔으면 좋겠다. 아마 일손이 부족해서일까 싶은데, 오늘은 열심히 할머니를 도왔으면 좋겠다. 그래도 가끔은 할머니도 할아버지가 원하는 걸 허락해줬으면 좋겠다. 매일 아침, 출근길을 멈추는 잔소리가 터져 나오더라도 그냥 두 분이 심하게 싸우지는 않았으면 좋겠다.

　　한두 번 퇴근길에 먹어본 떡볶이는 맛있었다. 할머니가 아침부터 끓여낸 소스에 무엇을 넣었는지 꽤 걸쭉한 게 고추장 말고도 여러 양념이 첨가된 건 분명했다. 할머니의 잔소리가 두 분의 삶을 더 맛있게 만드는 양념 정도라면 좋을 것 같다. 떡볶이를 몇 번 더 사 먹고, 말을 붙이게 되면 꼭 물어보고 싶다.

"할아버지, 할머니 잔소리가 그렇게 싫진 않으시죠?"

하오체

　　나이 탓인지, 계절 탓인지 요즘 '하오체'에
꽂혔다. 출발은 국내 '아트 팝'의 선구자 김효근 님의
노래였던 것 같다. 성악의 예술성과 가요의 대중성을
듣기 좋게 버무린 장르인데, 첫사랑이나 눈 같은 노
래다. 이미 많은 분들이 애정하는 곡인데 가사 중 일
부다.

　조그만 산길에 흰 눈이 곱게 쌓이면 내 작은 발자욱을 영
　원히 남기고 싶소 … 눈감고 들어보리라 끝없는 님의 노
　래여. 나 어느새 흰 눈 되어 산길 걸어간다오. <눈>

그대를 처음 본 순간이여. 설레는 내 마음에 빛을 담았네. 말 못 해 애타는 시간이여. 나 홀로 저민다. 외로운 겨울새 소리 멀리서 들려오면 내 공상에 파문이 일어 갈 길을 잊어버리오. <첫사랑>

세계적인 바리톤 고성현 님이 부른 '시간에 기대어'도 역시 하오체의 가사가 일품이다. 노래가 절정으로 치닫는 부분이다.

난 기억하오. 난 추억하오. 소원해져버린 우리의 관계도, 사랑하오 변해버린 그대 모습, 그리워하고 또 잊어야 하는 그 시간에 기댄 우리…. <시간에 기댄 우리>

평상시 하오체로 말하는 건 어색하고 장난스럽기까지 하지만, 글에서 하오체는 다른 느낌이다. 사전적 의미로는 다른 높임 어법이 말하는 사람을 낮추는 것과 달리 본인을 낮추지 않으면서 동시에 상대를 배려하는 특이한 높임 어법이라는 거다. 겸손하지만 당당하고 쿨한 '차도남', '차도녀'의 어법이랄까? 개인적인 느낌으로는 품격 있고, 겸양하고, 부드

럽고, 따뜻하다. 특히 듣는 이의 감정선을 건드려야
하는 노랫말에선 잘만 쓰면 그 효과가 배가되는 것
같다. 대중가요에도 하오체가 주는 감동이 있다. 모
든 가사가 하오체로 적힌 김광진의 편지가 대표적일
거 같다. 실제 가사의 화자는 김광진 님 아내가 김광
진 님과 연애하던 시절에 부모의 권유로 선을 보았던
다른 남자이고, 가사의 <사랑한 사람>은 김광진 님의
아내. 그리고 가사의 <좋은 사람>은 결국 김광진 님
이 되는 사연이 담긴 곡이다.

여기까지가 끝인가 보오. 이제 나는 돌아서겠소. 억지 노
력으로 인연을 거슬러 괴롭히지는 않겠소. … 오오 사랑
한 사람이여 더이상 못 보아도 사실 그대있음으로 힘겨
운 날들을 견뎌왔음에 감사하오. 좋은 사람 만나오. 사는
동안 날 잊고 사시오. 진정 행복하길 바라겠소 이 맘만
가져가오. <편지>

김광진의 편지를 개인적으로 가장 많이 흥얼거렸다
면 박효신의 연인은 최근에 꽂힌 노래다.

연인, 오 나의 연인아, 내 사랑아, 넌 나의 기쁨이야. 우리의 밤을 불 비춰주오. 눈부신 그대의 이름으로 날 지켜주오. 너의 그 슬픔과 기나긴 외로움에는 모든 이유가 있다는 걸 너의 그 이유가 세상을 바꿔 갈 빛이라는 걸 날 보는 두 눈에 나의 깊은 밤, 그대는 나만의 연인이오. <연인>

멜로디가 아무리 좋고, 가사가 아무리 훌륭해도 만약에 이런 노래를 하오체가 아닌 것으로 만들었다면 이 느낌과 맛이 나지 않았을 거다.

어떻소? 정말 좋지 않소? 우리 함께 듣기로 하오.

청개구리

어스름한 저녁
옆집 마당에서 목놓아 울던 청개구리가
우리 청개구리에게 잡혔다.

잡힌 놈도, 잡은 녀석도 참 귀엽다.

북한산 발라드

주말 오후 할 일은 미뤄두고, 스피커에서 나오는 음악에 집중합니다. 오늘도 역시 발라드입니다. '아이유, 잔나비, 수현, 에피톤프로젝트, 짙은, 너드커넥션, 홍이삭, 소수빈, 최유리, 윤종신' 매년 뽑고 있는 '내 맘대로 10대 가수2023년'입니다. 새로 등장한 가수와 노래도 있고, 저만의 '스테디 앨범가수'도 있습니다.

세상에 할 얘기가 많고, 저에게 위로를 준다는 공통점도 있습니다. 특히 윤종신 님은 대학 시절, <너의 결혼식>과 <환생>으로 저에게 처음으로 감성의 뜨끈한 바닥을 경험하게 해준 아티스트입니다. 《월간 윤종신》의 부지런함은 제 가치관과도 맞닿아 있습니다. 대체로 회사의 일이란, 강제할 수 있는 형식이 있어야 내용이 채워질 때가 많습니다. 마감 날

짜가 없는 일은, 좀처럼 마감이 되기 힘듭니다. 잠시 뉴스팀장을 하던 시절, 한 달 동안 한 이슈에 대해 집중 취재하는 《월간 뉴있저》를 기획한 적이 있는데, 아이디어는 《월간 윤종신》에서 가져왔습니다.

책의 제목을 지을 때 끝까지 포기하지 못했던 게 <북한산 발라드>였습니다. 북한산 밑에 '그래, 이 집'이 있었고, 여기서 저는 주로 발라드를 듣습니다. 북한산이 주는 정서적인 안정감과 발라드를 들을 때의 차분해지는 마음은 비슷한 색깔이었습니다. 『그래, 이 집에 삽니다』를 읽고 독자들이 느꼈으면 하는 감정도 '북한산'과 '발라드' 같은 것이었습니다. 북한산 밑에 집을 짓고, 아이를 짓고, 인생을 짓는 이야기가, 독자들에게 공감과 위로를 주는 발라드 한 곡이 되길 바라는 마음이랄까요? 비록 최종 후보에서 탈락했지만 <북한산 발라드>로 이렇게 『그래, 이 집에 삽니다』를 마무리할 수 있어 다행입니다.

살면서 어느 지점에서 북한산에 오르고 싶을 때, 발라드가 듣고 싶을 때 『그래, 이 집에 삽니다』를 펼쳐주세요.